金沢古妖具屋くらがり堂
冬来たりなば

峰守ひろかず

ポプラ文庫ピュアフル

目次

Contents

金沢古妖具屋くらがり堂

冬来たりなば

Kanazawa furuyoguya
KURAGARIDO

「おゝ、悪……魔、人間を呪ふものか。」

「否、人間をよけて通るものぢや。清き光天にあり、夜鴉の羽うらも輝き、瀬の鮎の鱗も光る、隈なき月を見るにさへ、捨小舟の中にもせず、峯の堂の椽でもせぬ。夜半人跡の絶えたる処は却つて茅屋の屋根ではないか。

　然るを故と人間どもが、迎へ見て、損はるゝは自業自得ぢや。」

「真日中に天下の往来を通る時も、人が来れば路を避ける。出会えば傍へ外れ、遣過ごして背後を参る。が、屢々見返へる者あれば、煩はしさに隠れ終せぬ、見て驚くは其奴の罪ぢや。」

（泉鏡花「草迷宮」より）

第一話　妖怪を狩る少年

「——起きろ、汀一(ていいち)！　大丈夫か——？」

「う、ううん……」

すぐ近くから呼びかける声に促され、葛城(かつらぎ)汀一の意識が覚醒した。

何度か瞬きした後、ゆっくりとまぶたを開けると、目の前にいたのは痩身で背の高い少年だった。

鼻筋のまっすぐ通った端正な顔立ちで、長めの髪は艶やかな黒。軽く流した前髪は左目に、襟足は首筋に掛かっている。身長百七十六センチ、身に着けているのは折り目のはっきりついた白の長袖シャツと黒のスラックスに革のローファー。屋内にもかかわらず赤黒い洋傘を携えたその少年は、床に片膝を突き、心配そうに汀一を見下ろしていた。

「目が覚めたか？　汀一、僕が誰か分かるか？」

「誰って——時雨(しぐれ)だよね。濡神(ぬれがみ)時雨」

名前を思い出そうとする前に汀一の口は自然に動き、眼前の友人の名前を呼んでいた。時雨の名前を声に出したことをきっかけにして、ぼんやりしていた意識が徐々に明瞭になってくる。床に腰を下ろして足を投げ出した姿勢のまま汀一が自分の頭に手を当てると、時雨は眉をひそめてさらに尋ねた。

「他に覚えていることは？」

「他に？　急に言われても……ええと、時雨はおれと同じ学校の同じクラスの生徒で……で、人間じゃなくて妖怪だよね」

「妖怪」。一般的な日常会話ではなかなか使うことのない、極めて非現実的なその言葉を、汀一はあっさり口にしていた。

　この世界には実は妖怪が実在しており、目の前にいる友人のみならずその同居人たちも全員妖怪で、さらにはこの金沢の街には他にも妖怪が住んでいる。その事実を知らされた時は確かに驚いたが、今ではすっかり……と言うか、それを知った翌日くらいにはもう妖怪の存在をあっさり受け入れていた。普通はもうちょっと訝しんだり怖がったりするんだろうか、などと思いながら汀一は続ける。

「時雨は傘の妖怪で──一本足に一つ目の姿が有名で、『唐傘お化け』とか『唐傘小僧』、『傘化け』なんて呼ばれてるやつ。有名な割にどういう妖怪って記録は全然なくて、決まった名前すらないもんで、そこがコンプレックス。冷静っぽく見えて動じやすい」

「大きなお世話だ」

「言えって言ったのはそっちだろ」

「そこまで言う必要はない。では、君の名前は？　自分が誰か分かっているな？」

「葛城汀一だけど……」

　さんざん名前を呼んだ後に聞くことでもないだろうと呆れつつ、汀一は自分の姿を一瞥した。長身の時雨に対して汀一は小柄で、身長は平均より低めの百五十六センチ。小柄な上に童顔で目がくりっとしているので、中学生くらいに見られがちだが、これでも時雨と同じ高校一年生だ。オレンジのTシャツに半袖のシャツを重ねており、明るい色の地毛は短め、足下はスニーカーという出で立ちである。

「この金沢に引っ越してきたのは三か月前の六月で、両親が海外赴任したから、今は金沢に住む祖父母のところで暮らしてる。引っ越してきた翌日に店先の壺を割ったことをきっかけにバイトに誘われて……って、これ、まだ話した方がいい？」

お互い分かり切ってることだよね、にしても顔が近くない？　などと思いながら友人の顔をじっと見返してやると、時雨はようやく安心してくれたようで、溜息を落とした上で汀一に左手を伸ばした。差し出された手を掴んで起き上がった汀一は、時雨に促されるままにカウンターの手前の丸椅子に腰を掛け、改めてあたりを見回した。

そう広くもない古道具屋の店内である。

黒い焼き板の壁に囲まれた売り場の広さは十畳ほど。床は剥き出しのコンクリートで、部屋の隅からは階段が二階へと延びている。壁際と部屋の中央に並んだ棚には、食器や陶器や台所用品、文房具や園芸用品などの種々雑多な古道具が値札付きで陳列されていた。カウンターの周辺には、天狗の面、招き猫、三本足の蛙、達磨など、民芸品や郷土玩具も少しばかり並んでいる。また、商品の中には、値札がなく、妙にしっかりと棚や壁に固定されているものもあった。

半開きになった格子戸に目を向けてみれば、乾いたトウモロコシが蒸し暑い風に揺れている。雷避けのまじないで、夏の終わりの金沢の風物詩の一つである。

「一雨来そうな空だね」

「それはいつものことだろう。しかし、本当に大丈夫か？　まだぼんやりしているように見えるが……。ここがどこか答えられるか？」

「心配しすぎだよ。蔵借堂でしょ」

不安がる時雨に汀一は苦笑を返し、店の名前を明言した。

ここ、蔵借堂は、石川県は金沢市の一角、尾張町の泉鏡花記念館の前から「暗がり坂」と呼ばれる坂を下って少し歩いた先にある小さな古道具屋だ。経営者は瀬戸という気のいい中年男性で、時雨同様に妖怪である。

工房担当の北四方木蒼十郎が腕のいい職人であるため、修理の仕事はそこそこあるが、店としては繁盛しておらず、定番の観光スポットである主計町茶屋街や浅野川大橋に近いにもかかわらず古道具の売り買いに来る客はほぼいない。

ちなみに、この蔵借堂の左隣にあるのが和風カフェ「つくも」。元々は一軒家の古道具屋だったのを、瀬戸が店の半分をカフェに改装したもので、明らかにこっちよりは流行っている。雇ってもらってる身で言うのもなんだけど、こんなにヒマでいいのか不安になることもある……と、そのようなことを説明すると、カウンターの内側の椅子に座った時雨は、「だから大きなお世話だ」と眉をひそめた。

「……しかし、とりあえずは問題なさそうだな」

「だからそう言ってるじゃない。でも、心配してくれてありがとう」

「……別に、そこまで心配したわけではない。友人を気に掛けるのは当然だ」

汀一に笑いかけられた時雨が恥ずかしげに目を逸らす。どっちだよと汀一は笑った。

「その反応も時雨らしいとは思うけどさ、おれはほんとに大丈夫だから――って、あれ？　おれ、なんで床に座り込んでたんだっけ……？」

「全然大丈夫じゃないじゃないか。と言うか、経緯を聞きたいのはこっちの方だ。君は、店番のバイト中に奥のトイレに行ったと思ったら、いきなりこの面を被って唸りながら飛び掛かってきたんだぞ。度肝を抜かれた」

そう言って時雨が指し示したのは、カウンターの上に置かれた木彫りの鬼の面だった。相当な年代物なのだろう、全体が退色しており、二本の角の先はどちらも欠けている。目を見開き、牙の生えた口をくわっと開いたそれを見るなり、汀一の記憶がはっきり蘇った。

トイレに行った帰り、工房の戸が開いていたので覗いてみたら、作業台の上に置かれたこれと目が合ったのだ。古いけど迫力のある面だな、と思ったら――。

「そうそう。ついふらっと手が伸びて顔に付けちゃったんだよ。そしたら意識が飛んで」

「大声を上げながら僕のいる売り場に突っ込んできたというわけか」

「そ、そうなの……？」

「全然覚えていないのか？　いきなり僕にのしかかってきたんだぞ、君は。どうにか振り払い、傘で妖気を吸ってやったら面が剝がれて君が倒れた」

「ごめん、全然覚えてないです……。で、このお面、何なの？」

「肉付面だ。信心深い息子の嫁を怖がらせるため、邪な老婆が鬼の面を被ったところ、顔から取れなくなってしまった……という話を知らないか？　北陸に広く伝わる民話なんだが、そこに登場する面がこれだ。一度顔に被せると取れなくなり、しかも心を乗っ取って鬼へと変える。要するに、ただ粗暴なだけの人格になるんだ。汀一は妖怪を見たり引き寄せたりしやすい体質だから、引かれてしまったんだろうな」

「危ないお面もあるもんだね……」

「意識の支配は確かに危険な特性だが、本当に厄介なのはそこじゃない。この面は、一度被ってしまうと力任せでは絶対に取れないんだ。最悪の場合、肉が付いたまま面を剝がすしかない。それ故に、付いた名前が」

「肉付面……」

　時雨の解説を受けつつ、汀一はぞっと体を震わせた。幸い、時雨がすぐに剝がしてくれたようだが、もし暴れて友人を傷つけたり、あるいは肉ごと引っぺがされたりしていたらと思うとぞっとする。妖具の扱いに慣れた時雨がいてくれたことに汀一は深く感謝した。

「ほんとありがとう……。にしても、なんでそんなものが無造作に置いてあるわけ？」

「蒼十郎さんが市内の能楽師のところから引き取ってきたと聞いている。これから妖気を抑える処置をするところだったんだろうな。と言うか、妖具は別に珍しいものでもないだろう」

「それはそうだけど」

妖具とは、妖怪の使っていた道具や妖怪化した道具の総称であり、蔵借堂の扱う古道具にはこの妖具が大量に含まれている。一部は倉庫に仕舞いこまれているが、売り場に並んでいる物も多く、壁や柱にしっかり固定され、かつ値札が付いていないものはいずれも妖具だ。

……しかし、考えてみれば、とんでもないところでバイトしてるなあ、おれ。

店内を見回した汀一が改めてそう自覚した時だ。半開きだった格子戸が開き、よく通る明るい声が店内に響いた。

「ただいまー」

気さくな声を発しながら入店してきたのは、制服姿のショートボブの少女だった。

身長は汀一より少し低めで百五十五センチほど。少しだけ釣り目気味の大きな瞳と下がり眉が印象的な顔立ちで、シンプルなブラウスに紺のベストを重ねており、首元に結んだリボンはブルー。妖怪「送り提灯(ちょうちん)」にして時雨たちの同居人の一人で、隣のカフェ「つくも」のウェイトレスでもあり、そして汀一がバイトを決めたきっかけでもある少女・向井(むかい)崎亜香里(ざきあかり)の帰宅に、汀一の顔がぱあっとほころんだ。

「うん。お帰り！」

「今日は遅かったんだな、亜香里。なぜこっちから入ってくる？」

「委員会だったんだよね。ほら、カフェの方にはお客さんがいたから」

「なるほど。こっちはいつもおれと時雨しかいないもんね」

　満面の笑みで相槌を打つ汀一である。優等生である亜香里は、汀一たちの公立校よりも偏差値が高い別の高校に通っているため、汀一が会えるのは放課後だけだ。露骨に喜ぶ友人の姿を前に、時雨がしみじみと溜息を落とした。

「相変わらず分かりやすいな、君は」

「うるさいよ」

「分かりやすいって何が？」

「こっちの話です」

＊　＊　＊

「へー、肉付面か……。大変だったんだね、汀一」

「どういたしまして。まあ、おれは全然覚えてないんだけどね」

「大変だったのはむしろ僕だ。心臓が止まるかと思った」

　二人の話を聞いた亜香里がしみじみと同情し、汀一が頭を掻き、それを聞いた時雨がぼやく。いつからか、カフェも古道具屋も暇な時は――古道具屋は基本暇なのだが――ここでこうして三人で駄弁るのが通例になっていた。

とりとめのない雑談が苦手な時雨は、前は理由を作って奥へ引っ込もうとしていたが、今ではぶつくさ言いながらも付き合うようになってくれている。その変化を汀一は快く思っていたものの、言い換えれば、付き合いはするが文句や小言は言うわけで、時雨は今日もやれやれと肩をすくめてみせた。

「雑談というのはやはり好きになれないな。時間の使い方は他にいくらでもあるだろう」

「いいじゃないちょっとくらい。それでね亜香里」

「現代文の課題は済んだのか？」

「え」

　亜香里に話しかけようとした汀一が、時雨の問いかけにぴたりと固まった。「現代文の課題？」と首を傾げた亜香里に、時雨が応じる。

「徳田秋声（とくだしゅうせい）、泉鏡花、室生犀星（むろうさいせい）……。いわゆる金沢三文豪の誰かの著作を二作以上読んだ上で、その作家についてレポートを書けという課題だ。肉付面の一件のおかげで忘れていたが、そろそろ手を付けないとと言っていたのは君だろう、汀一？」

「へー、そういうのがあるんだ。汀一は誰を選んだの？」

「い、泉鏡花を……。読んだことはなかったけど、妖怪もの書いてる人だってことは知ってたし……。ほら、おれ、妖怪とは縁がないわけでもないから、全然知らない分野よりはちょっとはとっつきやすいかな、みたいな」

「なるほどね。それだったら、わたしでも鏡花選ぶかなあ。妖怪のことを、難しい教訓とか教えとかと関係なく、ただそういう風にあるだけのものとして描いてくれる作家って案外少ないし。ああいうの、妖怪的には嬉しいんだよね。鏡花曰く、『人意焉んぞ鬼神の好意を察し得んや』……。あ、これ、妖怪の好き嫌いや考えは人間には分かんないんだからさ、ってことね。確か鏡花が寄稿した怪談アンソロジーの序文だったと思う」

「へー」

「あと、『草迷宮』って言うお化け屋敷が舞台の話があって、そこに出てくる妖怪が、こっちは脅かすつもりもないから隠れてるのに、人間が勝手に俺たちを見て驚くんだ、そっちの自業自得だろ……みたいなことを言うんだけど、あれも好き。『故と人間どもが、迎へ見て、損はるゝは自業自得ぢや』『屢々見返へる者あれば、煩はしさに隠れ終せぬ、見て驚くは其奴の罪ぢや』ってね」

「さすが亜香里、詳しいね」

「ありがと」

「それくらいは僕も知っているが？」

褒められた亜香里がはにかむのと同時に、時雨の聞こえよがしな声が響いた。ひがむなよと呆れる汀一。男子同士の仲のいいやりとりに亜香里は微笑み、汀一に向き直った。

「で、その課題がどうしたわけ？　上手くいってないの？」

「まあ……うん。そんな感じです」

「何で急に敬語になるの。どれ読んだの？」

「『婦系図』って本……。教科書にも代表作って書いてあったから、図書室に残ってたのをとりあえず借りてみたんだけど、これが難しくてさあ」

「難しいって、男女関係の機微の解釈とか、テーマとかがってこと？」

「え？　いや、まだ全然そこまでいってなくて……。そもそも何が起こってるのかよく分からないんだよね。言葉遣いも難しいし、句読点とかカッコの使い方も変わってるから、文章が頭に入ってこなくって……」

　そう言うと汀一は、はあ、と大きな溜息を一つ落とした。がっくりうなだれる汀一を前に、亜香里が再びなるほどとうなずく。

「鏡花の文章は慣れてないとね……。でも意外だな。時雨に助けてもらわなかったの？」

「時雨に？」

「だって汀一ってすぐ時雨に頼るでしょ。で、時雨はすぐ汀一を助けようとするじゃない。夏に助けてもらった時の借りをまだ返し切れていないのだー、って」

「そんな風に見られてるの、おれたち？　……いやまあ、速攻で頼ったけど」

「ほらやっぱり」

「でもさ。聞いてよ亜香里！　こいつ、日本語なんだから理解できない筈がない、自力で読解してこそ文学だとかわけの分からないことを言うんだよ」

「僕は別におかしなことを言ったつもりはない」

　汀一が恨みがましく指さした先で時雨がドライに言い放つ。ほらー、と汀一がジェスチャーで訴えると、亜香里は「はいはい」と苦笑した後、少し考えて口を開いた。

「確かに、読み慣れてない人がいきなり長編、しかも『婦系図』はハードル高いよね。妖怪が出てこない話なら、『義血侠血』か『夜行巡査』あたりがいいんじゃない？」

「え？　ちょ、ちょっと待って、メモするから」

　亜香里を慌てて制し、汀一はペン立てから鉛筆を取った。裏紙を束ねた手作りのメモ帳に、聞いたばかりのタイトルを書き付ける。

「ぎけつきょうけつ、やこうじゅんさ……と。ありがとう。そういうの時雨は全然教えてくれないから……」

「どういたしまして。あと、妖怪ものなら『高野聖』か『海異記』ね。『高野聖』は若いお坊さんが山の中で不思議な女の人に会う話で」

「『高野聖』は名作だな。鏡花の代表作と言われるだけのことはある」

「あれは時雨好きそうだよね。綺麗な年上のお姉さんが出てくるし」

「そういう理由で名作だと言ったわけではない」

　亜香里のコメントに時雨が赤くなって反論する。こいつ、同居してる同い年の女子に好みをしっかり知られてるのか。汀一が吹き出しそうになりつつ同情していると、時雨はムッとした顔で腕を組み「そもそも鏡花がそういう作風だろう」と補足した。それは確かに、と亜香里が同意する。

「『天守物語』と『夜叉ヶ池』もいいよね。お芝居のシナリオだから、むしろ小説より何が起こってるか分かりやすいかも」

「ふんふん。天守物語と夜叉ヶ池……と」

「熱心でよろしい。ちなみに『化鳥』とか『妖怪年代記』、『百物語』は、それっぽいタイトルなのに妖怪は出ないから注意すること。参考になった？」

「なった！　それはもうなった！　ありがとう」

「どういたしまして」

　殴り書きしたメモを握り締めて頭を下げる汀一に、亜香里が照れ臭そうな微笑で応じる。汀一は念押しのように礼を述べ、タイトルの羅列されたメモを見た。

「それにしても詳しいね。やっぱり地元の作家だから？」

「それもあるけど、実を言うとほとんど受け売り。わたしの学校だと、一学期に似たような課題があってね。その時、小春木(こはるぎ)先輩に教えてもらったの」

「こはるぎ先輩？」

　初めて聞く名前を汀一が思わず聞き返す。時雨は知っているのだろうかと視線で尋ねたが、首を左右に振られてしまった。二人の男子が向き直った先で亜香里が続ける。

「小春木祐(ゆう)って言う一個上の先輩で、すごく鏡花に詳しいんだよ」

「ゆうって名前なんだ。女子？」

「ううん、男子」

「男子!?」

「うん。図書委員で知り合ったんだけど、ずっと図書室で本読んでる人でね。『図書室の主』って言われてて……」

　思わず声を裏返した汀一に、亜香里はけろりとうなずき返し、小春木祐について滔々と語った。曰く、本好きで博識な二年生で書道教室の息子である。普段着が和服という変わり者ながら文武両道で礼儀正しい優等生であり、生徒会役員に嘱望されていたが、本人は「ガラじゃないし本を読む時間が減るから」と辞退した。偉ぶらない控えめな性格で広く慕われており、本を読むのも本の話をするのも好き、泉鏡花は特に好き、亜香里とは本の好みが近い、等々。親しげで、なおかつ尊敬の念が込められた語り口に、汀一は「へえ」「そうなんだ」などと相槌を打ちながら、動揺を抑えきれなかった。

　思いを寄せている相手が、自分とはスペックからして違いそうな異性のことを楽しそうに語る姿というのは、思っていた以上に胸に効く。汀一は必死に平静を保ったが、亜香里もさすがに様子がおかしいのに気付いたようで、小春木先輩の読書量の解説を中断し、ふいに眉をひそめて顔を近づけた。

「どうしたの汀一？　急に真顔になって……。顔色も良くないよ」

「え、そ、そうかな？　ほら、今日、寒いから」

「蒸し暑いよ今日？　ねえ時雨、暑いよね」

「……人には誰しもそういう風になる日がある。とりあえず亜香里、その話はそれくらいにしておいてやってくれ」

「はい？　別にいいけど」

時雨の神妙な言葉に、亜香里は首を捻りつつも口をつぐんだ。カウンター周りに不自然な沈黙が満ちる中、汀一は話を変えようとしたが、それより先に時雨の声が響いていた。

「そう言えば、汀一に渡すものがある。少し待っていてくれ」

前置きも何もなしに告げた時雨が立ち上がり、障子戸を開けてバックヤードへと消える。亜香里が「なんの話？」と尋ねたが、汀一だって分からない。もっとも、時雨の会話の運びが唐突なのは二人ともよく知っている。というわけで二人して首を傾げながら待っていると、時雨は程なくして戻り、汀一にハガキサイズの紙を差し出した。

薄いが丈夫な和紙を複雑に折ったもののようで、厚さはせいぜい二ミリ程度。全体には紋様とも崩し字ともつかないものが淡いインクで書き込まれている。ほんのりとした熱を帯びたそれを、汀一はひとまず受け取り、その上で眉根を寄せた。

「……何、これ。オリジナルのご祝儀袋？」

「違う。新しい護身具だ。例の一件以来、妖怪が活性化しているだろう」

「それはよく知ってるけど……」

上がりかまちに再び座った時雨の言葉に、汀一はこくりとうなずいた。

時雨の言う「例の一件」とは、十年近く時雨に憑依していた妖怪「縊鬼」が、七月半ばに金沢駅前で暴れた事件のことである。縊鬼は時雨と汀一がどうにか止めたし、町や施設に生じた被害も、魔王の木槌こと槌鞍の力でなかったことになった。

それは良かったのだが、槌鞍の力の余波が町中に波及してしまった結果、存在が薄れていた妖怪が実体化したり、沈静していた妖具が活性化したりすることがじわじわ増えているのであった。

「さっきの肉付面もそれだよね、多分」

「だろうな。つまり今の金沢は、前に比べて妖怪が出やすくなっており、そして汀一、君はその手の気配に敏感だ。そうだな？」

「らしいね。自分ではぴんと来ないんだけど」

「いい加減に認めろ。君は引っ越してきた初日に気配を消していた僕を視認したんだぞ。そして、先ほど肉付面に誘引されたように、その資質が危険な妖怪に反応、あるいは引き付けてしまう可能性があることを鑑みると、用心しておくに越したことはなく」

「話が長いよ。要するに、これは厄除けのお札みたいなものってこと？　妖怪のお札ってしばらく前に流行ったよね。甘エビだっけ、アマビエだっけ」

「あんな胡散臭い上に伝承もないものと一緒にしないでもらいたい。第一、それは護符の類（たぐい）じゃない。衝立狸（ついたてだぬき）の衝立を僕が加工したものだ」

「ついたてダヌキ……？　そういう狸？」

「狸の名前じゃなくて、狸の使う幻術の名前。名前通り、衝立で通せんぼしちゃうの。それを使える狸なら、わたしも会ったことあるよ」

初めて聞く名前を問い返す汀一だったが、すかさず亜香里が解説してくれた。へー、とあっさり受け入れる汀一である。狐には前に会ったことがあるので、今更化け狸がいると聞かされても特に驚いたりはしない。

「で、これがその狸の幻術で出た衝立の一部だと。でも新しい護身具って言ったよね」

「その通り。開くか破るかすれば、封じられた妖力が解放されて衝立となり、君を襲うものを阻んでくれる。そう長い時間は持たない上、使い捨てだが、今までの失敗作と違ってしっかり発動するし、実用に耐えるはずだ」

「は、はあ……。そうなんだ」

「煮え切らない返事だな。……まあ確かに、防壁を作るだけ、というのは、確実性には欠けるとは思う。目的に沿った妖具を開発できると楽なんだが、知っての通り、妖具は伝承や記録を踏まえないと再現できないから、そうそう新しく作れない。故に、未知の妖具というのは基本的に存在しないわけで……」

「え？　いや、そういうことを言いたいわけじゃなくてさ。『おれを襲うもの』って、そんな危ないものがそうそう出るとも思えないんだけど……。そりゃ、確かにさっきのお面みたいなものがあるのは分かるよ。でも、自分から動いて襲い掛かってくる妖怪が出たとか誰かが食べられたとか、そういう話はさすがにないよね？」

「ない。だが用心に越したことはない」

きっぱりと言い切る時雨である。堂々とした宣言に、汀一は少しだけ眉根を寄せ、複雑に折りたたまれた和紙を見た。

気持ちはありがたいんだけど、と汀一の心の中で声が響く。先の縊鬼の一件以来、時雨は汀一に借りを作ったと思っているようで、事有るごとに汀一を気遣うようになっていた。お手製の護身具をもらうのもこれで数度目だ。

気に掛けてくれるのは嬉しいし、実際助かっているのも確かだ。だが、友人としては、普通に接してくれれば充分なわけで……。とかなんとかそんなことを内心でつぶやいていると、汀一の複雑な表情を前にした時雨はふと顔を曇らせ、口を開いた。

「……いらんがか？」

金沢弁交じりの不安げな問いかけがぽつりと響く。その抑えた問いかけに、汀一は「え」と顔を上げた。時雨が地元の方言を口にするのは、心が揺らいだ時――つまり、驚いた時や弱った時、極端に不安になった時だけだ。汀一は慌てて首を横に振った。

「いや、そんなことないよ？　ありがとう、助かるよ！」

実際問題、何もないよりは安心できるのは間違いない。折りたたまれた和紙を掲げてそう言うと、時雨はほっと胸を撫で下ろし、良かった、とつぶやいた。やれやれと安心する汀一。一連のやりとりを見た亜香里は、どちらに言うともなく「優しいんだね」と微笑み、そのコメントに汀一と時雨は互いに顔を見交わした。

＊　＊　＊

やがて閉店時間になったので、汀一は時雨や亜香里と別れて蔵借堂を出た。日が落ちた後とは言え暑さはしっかり残っており、格子戸をくぐった途端にむわっとした熱気が押し寄せたが、今日は雨が降っていないだけありがたい、と汀一は思った。

何せ金沢は雨が多い。「梅雨がいつ終わったか分からんうちに秋雨前線に変わるげんて」と祖母から聞いた時は、大袈裟なと笑ったけれど、実際にひと夏を過ごした今ではあれが冗談でも何でもなかったことがよく分かる。

急に降り出しませんようにと祈りつつ、いつものように路線バスに乗り、香林坊で降りる。時間帯によっては、乗り換えのバスを待つよりも、この先の長町を歩いて突っ切った方が早いことを汀一は学んでいた。

百万石通り沿いに華やかなビルが建ち並ぶ香林坊は金沢きっての商業地区だが、北西の方角へ少し歩くと、小さな川を挟んだお洒落な通り――通称「せせらぎ通り」を越えたあたりで街の雰囲気が時代がかったものへと一変する。

入り組んだ細い道には石畳が敷かれ、道の左右には年季の入った土壁が延び、ところどころに立派な門が口を開ける。長町武家屋敷跡と呼ばれるこの一帯は、江戸時代に加賀藩の武家屋敷があった地区であり、その風景を今に留めている……といったようなことが立て看板に書かれていた。

明るい時間帯には和装の観光客が歩いているような観光スポットだが、同時にここは住民が暮らす住宅街でもあるわけで、道端にはゴミ出し所やカーブミラーが設けられ、土壁の前には車が停まっていたり、塀の向こうに見えるのが普通の民家であったりもする。江戸時代とも現代ともつかない静かな街並の中を、汀一はとぼとぼと寂しく歩いた。

「はあ……」

　やるせない溜息がひと気のない細道に響いた。消沈している理由は自己分析するまでもなく分かっている。亜香里の話していた「小春木先輩」だ。やはり亜香里はその先輩のことが好きだったりするのだろうか……などとぼんやり思っているうちに、大野庄用水に差し掛かった。

　犀川から取水した水を武家屋敷跡界隈へ流す、江戸時代以来の水路である。幅はせいぜい三メートルほどだが、緑に淀んだ川の流れは速く、どうどうと激しい音を響かせている。川縁にガードレールなどもなく、数十センチの角ばった石が申し訳程度に出っ張っているだけなので、うっかり落ちそうだなと汀一はここを通るたびに思っていた。

「見通しも風通しも良いし、好きな場所ではあるんだけど……ん？」

　石造りの橋を渡り終えた直後、汀一はふと足を止めた。水の中で、ばしゃん、と何かが跳ねた音がしたのだ。街灯の光を頼りに水中を覗き込んでみると、音の主は見当たらなかったが、一抱えほどもある黒い塊が転がっているのが見えた。

「なんだこれ……？　木？」

　暗い上に水中なので見づらいが、左右も上下も非対称、凹凸の激しい形状は、大木の根か、あるいは大ぶりな枝を思わせた。苔かカビにでも覆われているのか、全体は黒ずんだ緑色である。

「腐ってるのかな。にしてもこんなもの、どこから流れてきたんだろう」

と、誰に言うともなく汀一が自問した時、水中にたゆたっていたそれがふいに動いた。朽ちた枝のような二本の腕が水中から伸び、川面を覗いていた汀一の左手と両脚に絡みついてぐいと引く。

「え？　なっ、何？」

慌てた汀一は反射的に川から遠のいたが、手足に巻き付いたぬめる枝は――正確に描写するなら枝状の触手は――離れず、摑んだ獲物を川へ引き寄せようとする。

妖怪だ、と汀一の胸中で警告が響いた。

しかも言葉が通じなくて人を襲うタイプのやつだ！　尻餅をついて怯える汀一の前で、べしゃり、と鈍い音をたて、木の根のような本体が川岸へゆっくり這いあがる。その姿を見るなり汀一は「ひっ」と一声唸って絶句した。

大きさはざっと見て二メートル弱。ごつごつした本体から枝状の触手が数本飛び出している以外には口も目もなく、全身を覆う黒い皮は腐った樹皮とも苔むした石ともつかない質感という、ＳＦ映画のモンスターじみた異様な容姿である。体の中央に黒い裂け目が開き、口だ、と汀一は本能的に察した。

「ってことはこいつおれを食べるつもり？　じょ、冗談じゃない！　やめて！　ストップ！　って言葉絶対通じてないよね！　誰かーっ！　て言っても誰もいないし、ああもう、やたら力強いしぬるぬるするし時雨もいないし――そうだ！」

　ハッと気づいた汀一は、唯一自由な右手をリュックのポケットへ伸ばし、折りたたまれた和紙を取り出した。早速使わせてもらうよ、と友人に心の中で告げ、ほんのり温かいそれの端を歯で嚙みちぎって前方に投げる。

　と、十五センチほどしかなかった紙片は弾けるように展開し、二畳ほどもあろうかという巨大な衝立に変貌して汀一と妖怪の間に突き立った。どん、と落ちた衝立の縁が、ギロチンか裁断機のように枝状の触手を断ち切り、踏ん張っていた汀一が解放された勢いで後ろに転がる。

「痛っ！　頭打った……けど、ともかく助かった！　ありがと時雨！」

　後頭部をさすりながら立ち上がる汀一。妖怪は川から離れられないのか、触手の長さに限界があるのか、衝立の陰から回り込んでくる気配はなかったが、こんなのを野放しにすると通行人や住人が襲われるかもしれない。逃げる前に蔵借堂に一報を入れておくべきだろう。というわけで汀一は慌ててスマホを取り出したのだが、液晶画面に触れてロックを解除するのと同時に、眼前の衝立がふっと消失した。

「……え」

　青ざめる汀一の数メートル先で、大口を開けた妖怪が触手を振り回す。あからさまに嬉しそうなその仕草に、汀一の顔から血の気が引いた。

　――そう長い時間は持たない上、使い捨てだが、今までの失敗作と違ってしっかり発動するし、実用に耐えるはずだ。

　時雨の説明が脳裏に蘇る。それは知ってたけど、と汀一は反論した。

「だとしても、いくらなんでも短すぎない？　せめて二、三分は持つものだと——わーっ！」

　スマホを摑んだまま逃げようとした汀一だったが、その足首に触手が絡みつく方が早かった。再び引き倒された汀一に、ぬめる妖怪がじりじりとにじり寄っていく。

「ちょ、ちょ、わっ、待った！　おれまだやりたいことが色々あって——やっぱり話通じてないし……！　誰か！　誰かー！　誰でもいいのでこの際」

「お静かに。ここは住宅街ですよ」

　汀一の必死の絶叫に、ふいに落ち着いた声が被さった。

　……え。誰？

　思わず顔を上げた汀一の目に映ったのは、街灯を背にして土壁の前に立つ長身の若者の姿であった。

　身長は百七十センチ強。長い髪を額の真ん中で分けて左右に垂らし、後ろ髪は細く縛っている。しなやかな細身に灰色の着物と羽織を重ねて纏い、尖った鼻に載せているのはクラシカルな丸眼鏡で、なぜか黒い万年筆と革の手帳を携えていた。

　柔和で古風な顔立ちと言い、着慣れている感のある和装と言い、まるで戦前の文学青年のような人だ、というのが汀一の第一印象だった。年齢はよく分からない。成人のようにも見えるが、声質は割と若い気もするし……。

「いつの間にそこに……？　いや、それよりも！　誰だか知りませんけど危ないですよ！　逃げて！　あと助けて！　できれば――って、あの、もしもし……？　おれの話聞いてます……？」

　汀一の必死の懇願が不穏な問いかけに切り替わる。今まさに人を襲っている最中の化け物が目の前にいるにもかかわらず、和装の男性は無造作に汀一の傍へ歩み寄り、万年筆と手帳を構えたまま妖怪をまじまじと見据えたのだ。ふむ、と興味深げな声が川縁に響く。

「これは珍しい。水熊ですか」

「み……水熊？」

「かつて手取川に流れてきたという記録の残る怪異です。またの名を『天呉』とも言い、殺すと洪水が起きるとか……。ああ、どう見ても熊には見えないのになぜそんな名前なんだ、とは聞かないでくださいね。ぼくも知りませんから」

「は、はあ……。お詳しいんですね……。てか、だから危ないって！　ほら！」

　引き倒された姿勢のまま汀一が叫ぶ。和装の若者を新たな獲物と認識したのだろう、妖怪「水熊」が触手を勢いよく振り上げたのだ。だが、若者は全く動じることなく、眼鏡越しの視線を水熊に向け、そして万年筆を握り直して口を開いた。

「その形、大木の朽ちたるがごとし、或は苔むしたる岩、枯木の根にも似たる也。只黒き枝様の手幾本か備わりて、目鼻も見当たらねど、手を長く差し伸べて獲物を貪欲に求むる様は――」

　古めかしい文章を口にしながら若者が凄まじい速さで万年筆を手帳の上に滑らせていく。目の前の妖怪の姿を言葉で表し、それを手帳に記しているのだと汀一は気付いた。セルフ口述筆記とでも言うのだろうか。

「いや、そんなことしてる場合じゃ――」

「――以上、大野庄用水傍にて記す」

　あっという間に水熊についての記述を終えた若者が言い切り、万年筆を手帳から離す。と、今にも若者を搦め捕ろうとしていた水熊の姿が、ふっと掻き消えた。

「……え。え？」

　触手が消えて解放された汀一が呆然とした声を漏らす。立ち上がりながら目を擦ってみたが、今の今まで自分を引き込んで食べようとしていた妖怪の姿は、もはやどこにも見当たらない。

「き、消えた……？　あの、今、何をやったんです？」

「大したことではありませんよ。水熊の存在を情報に置き換え、この手帳に収めたままです。退治したのではなくただ封じただけなので、洪水を引き起こすこともない」

「は、はあ……よく分かりませんが……。あっ、それよりも、助かりました！　どなたか知りませんがありがとうございます。本当に――」

「お礼には及びません。水熊のような、人を害するこの世ならぬもの――妖怪を下すのは、ぼくが自分に課した務めです。それに、次は君の番ですから」

「へっ」

若者の不敵な一言に、オーバーに感謝を示していた汀一の体がぴたりと固まった。自分に課した務め云々のくだりも気になるが、「次は君の番」はいっそう不可解だ。どういうことだと訝りながら顔を上げて見据えた先で、丸眼鏡の若者がスッと目を細める。

「ずっと見ていましたよ。君は先ほど、水熊を追い払うため、不思議な壁を現出させましたね？　あのような面妖な術、人の業とは思えません。即ち、君もまた妖怪。即ち、人に仇を為すもの……！」

「はい？　いや、おれは人間……」

「弁解は不要です。妖怪と話す口は持ち合わせておりません」

あくまで礼儀正しい口調のまま、若者が万年筆をゆっくり構える。眼鏡越しに向けられた敵意に、ぞっ、と汀一の背が冷えた。「一難去ってまた一難」という諺と、一瞬で消された水熊の最期が同時に脳裏に浮上する。何が何だかさっぱりだが、どうやら目の前のこいつは相手をあっさり消す力を持っており、自分を敵だと思いこんでいるらしい……。

「ああっ！」

とっさに汀一は若者の後方を指さして叫んでいた。それに釣られて若者はハッと振り返ったが、そこには大野庄用水が流れているだけで、変わったところは何もない。

「一体何が——あっ、しまった……！」

視線を戻した若者が息を吞む。既に汀一の姿はそこにはなく、遠ざかっていく足音が土壁の角の向こうに響いていた。

歯嚙みした若者は足音を追って走り出したが、この武家屋敷跡は道が細い上に曲がりくねっている。庭木の枝が大きく張り出していることもあって見通しも悪く、汀一がどこに逃げたかは分からなかった。さほど体力があるわけでもないようで、若者は程なくして土壁に囲まれた三つ角で足を止め、呼吸を整えながら溜息を吐いた。

「見失ってしまいましたか……。あんな古典的な手に掛かるとは、我ながら情けない……。体ももう少し鍛えねばなりませんね」

汀一の追跡を諦めたのだろう、若者が自嘲しながら去っていく。少しずつ遠ざかっていくその姿を、汀一は息を殺しながら見送り、灰色の背中が見えなくなったところでようやくほっと安堵した。

「助かった……」

立派な庭木の上に身を隠したまま、汀一は冷や汗を拭った。逃げきれる自信もなかったので、若者の気をそらして少し走ったところで手近な土壁の上に飛び乗り、そこからさらに庭木の枝を摑んでよじ登って、枝の中に身を隠していたのだ。

九割九分見つかると思っていたが、幸い上手くいったようだ。立派な庭木を壁の上まで張り出させてくれた誰かに感謝しつつ、汀一は首を捻った。

なんだったんだ、あいつ。

＊　＊　＊

「万年筆を使って妖怪を退治する男……？」

「はい。そいつが目の前の妖怪のことを手帳に書くと、書かれた妖怪が消えるんです」

一晩明けた翌日の午後、汀一は蔵借堂で昨夜の出来事を語っていた。聞き手は蔵借堂の妖具職人で、ミンツチという北海道の河童でもある蒼十郎である。

昨夜のことはもちろん時雨にも学校で話したが、「そんな力の持ち主など僕は聞いたことがない」と言われてしまったので、妖怪事情に詳しい蒼十郎に聞くことにしたのだ。

蒼十郎の見たところの年齢は三十歳前後。百九十センチ近い長身に半袖の作務衣を纏っており、頭には手ぬぐいを巻いている。肌は浅黒く、しっかりと締まった体格は水泳選手を思わせる。彫りの深い顔立ちや肩口から覗く彫り物などは厳めしい印象を与えるが、ストイックで思慮深く面倒見がよい人物——妖怪——であることは汀一も知っている。

「……というわけで、おれはどうにか逃げられたんですけど。ああいう妖怪ハンターみたいな人って今でもいるんですね」

「いや、そんな話は俺は聞いたことがないが」

「え。そうなんですか？」

「蒼十郎さんもご存じなかったですか」

汀一の隣で眉をひそめたのは時雨である。制服姿の二人の少年を前に、作務衣の職人はこくりと首肯し、精悍な顔をしかめた。

「実を言えば、最近、妖具や妖怪の活性化が続いている割に、誰かが襲われたという話がないのは気にはなっていた。だが、その人物が密かにその手の妖怪を退治し続けていたと考えれば筋が通る」

「あ、なるほど。じゃあ、あの妖怪ハンターは昨日だけじゃなくてずっと前から」

「汀一。今朝も言ったが、『妖怪ハンター』という呼称は僕はどうかと思う」

「仕方ないだろ、丁度いい名前が分からないんだから！　北四方木さん、ああいうプロの妖怪退治屋みたいのって何て呼ぶんです？」

「決まった呼称はないと思うが……。そもそも、妖怪退治を専門とする職業や能力者という概念自体、近年の創作の産物だ。古来、人を襲う妖怪と戦うのは、僧侶や旅人や武人など、それぞれの物語の主人公に過ぎなかった」

「へー。覚えておきます……って、それより、あいつ、ほっといていいんですか？」

「何？」

「だって、妖怪は敵だって決めつけて、片っ端から妖怪を消して回ってるっぽいやつが同じ町にいるわけですよ？　北四方木さんは強いから安心ですけど、亜香里や時雨も狙われるかもしれないですし、何か手を打たないと！　こっちから捜して仕掛けるとか」

焦った汀一の口調が次第に早くなっていく。蒼十郎は静かに耳を傾けていたが、ややあって少しだけ眉根を寄せ、落ち着いた様相のまま口を開いた。

「金沢は意外に熊が出る。知っているだろうか？」

「とりあえず……はい？　熊？」

「ああ。山に近い街だからな。市街地のすぐ近くに生息地があるんだ。熊は人を襲うこともあるわけだが、だからと言って、全ての熊を前もって殺してしまえ、という話にはならないだろう？」

「え？　あ、まあ……それは……はい」

　蒼十郎の言わんとすることを何となく理解し、ヒートアップしていた汀一が押し黙る。そういうことだと蒼十郎がうなずく。

「汀一の危惧は理解できるし、君が気遣ってくれることは妖怪としてありがたいとも思う。だが、先手を打つというのはやりすぎだ。君の話からすると、その人物はあくまで人に仇為す妖怪を危険視しているようだし、であればただ暮らしているだけの俺や亜香里や時雨が襲われる謂れはない。言葉が通じるのなら、話せば誤解が解ける可能性もある」

「は、はあ……。ですけどあいつ、全然話を聞いてくれなくて」

「無論、自衛策を講じる必要はあるだろう。仲間内にもそういうものがいるらしいという話は流しておく。話してくれて助かった」

　戸惑う汀一にそう告げると、蒼十郎は道具箱と傘を手にして出かけてしまった。ゆっくりと閉まる格子戸を一瞥した後、時雨が「ほら見ろ」と口を開く。

「概ね僕の言った通りの反応だっただろう」

「うーん……。言ってることは正しいとは思うし、立派だとは思うんだけど……でもあいつ、話して通じる感じでもなかったんだよなあ……」

きっぱり言い切る時雨の隣で依然として不安げにつぶやく汀一。その時、上着の内ポケットの中でスマホが鳴動した。何だろうと取り出して確かめた汀一が、えーっ、と大きな声をあげた。時雨がびくっと反応する。

「急にどうした？」

「亜香里から……例の図書委員の先輩におれのことを話したら、古道具屋にも興味があるから行ってみたいって言うからこれから連れてく、もうすぐ着くから鏡花のこと教えてもらえば？　って。どうしよう？」

「どうしようも何も普通に応対すればいいだろう」

「そういうことじゃなくて……。その先輩と亜香里って付き合ってないよね？　付き合ってなくても、亜香里、その人のこと好きだったりしないよね……？」

「知るか」

スマホを手におろおろと店内を歩き回る汀一に時雨が呆れた声を投げかける。制服の上着を脱いだ時雨は、「実に心配事の多い奴だな」と嘆息し、腕を組んで友人を睨んだ。

「知りたかったら本人に聞け。亜香里が誰を好いて誰と付き合おうが亜香里の勝手だし、君が付き合ってほしいならそう言えばいい」

「それができたら苦労はしないんだってば……。と言うか、時雨だけには言われたくないぞ！　七窪さんに告白できないままで、あの人の結婚式の日においおい泣いたくせに」

「なっ――い、いや、だからこそだ！　友人に自分と同じ失敗は繰り返させたくはないからこそのアドバイスだと思ってもらいたい」

「な、なるほど……。さすが失恋の先輩！　いやおれは失恋したくはないんだけど？」

「だから僕に言われても知らん」

　納得した直後再び青ざめる汀一に時雨がドライに即答する。そんなことを繰り返しているうちに、戸の向こうに足音が近づき、聞き慣れた亜香里の声が響いた。ガラガラと格子戸が開き、制服姿の亜香里が現れる。

「ただいまー。どうぞ、小春木先輩。狭いところですけど」

「へえ、ここが……。お邪魔します、小春木祐と言います。向井崎君にはいつもお世話になっていて……」

　亜香里に促され、眼鏡を掛けた痩身の少年がおずおずと蔵借堂に足を踏み入れる。来た！　汀一は思わず身構えたが、時雨に「バイトだったら挨拶くらいちゃんとしろ」と小突かれたので、仕方なく姿勢を正し、小春木祐に歩み寄った。

「え、えーと……いらっしゃいませ……」

　祐の背丈は時雨より少し低めで百七十センチほど。少しだけ首元を緩めたシャツにブレザーを羽織り、トランクのような四角い鞄を提げている。真ん中で分けて左右に流した髪型、古風な丸眼鏡や柔和な表情は、ほっそりしたシルエットと相まって戦前の文学青年を思わせ――。

「って、え？　お前――昨夜の!?」

「あっ！　君は――昨晩の！」

汀一が驚愕するのと祐が息を呑むのはほぼ同時だった。どうしてこいつが亜香里とここに？　汀一はひどく戸惑ったが、それは祐も同じなようで、二人は弾かれるように後方に飛びのき、そして叫んだ。

「亜香里、そいつから離れて！」

「そこの学生服の君！　彼から離れるんだ！」

「え？　どうしたの汀一？」

「学生服の、というのは僕のことだろうか……？　汀一が何か？」

いきなり強い語調で指示された亜香里と時雨は狼狽え、顔を見合わせた。どういうこと、と亜香里が視線で尋ね、問われた時雨が「僕に聞くな」とジェスチャーで答える。まるで緊張感のない二人に向かって汀一がさらに呼びかけた。

「こいつなんだよ！　さっきも話してた妖怪ハンター！　昨夜、水熊を一瞬で消して、おれも退治しようとしたやつ！」

「何……？」

「よ、妖怪ハンター？　何？　なんの話？」

時雨が絶句し、事情を知らない亜香里がいっそう困惑する。説明したいがそれどころではない。くそ、まさかこいつにこんなに早く再会するとは。しかもそれが亜香里の先輩だったなんて！　予想外の展開にパニックになる汀一を前に、祐はスッと目を細めた。

昨夜も見せられた非情な表情に、汀一の体がぞくりと冷える。怯える汀一が見据える先で、祐はブレザーの内ポケットから見覚えのある万年筆と手帳を取り出し、言った。

「ここで逢ったが百年目、というやつですね。昨晩は取り逃がしてしまいましたが、今度は逃がしませんよ。絶対に」

中島の中川堤のもとに、死牛と覺えて水中に脊をさらせる者久しくありけり。或は大木の朽ちたるなりと云ひ、又苔むしたる石抔云ひて人々沙汰しける。水練の者近寄て撫廻し見るといへども、荒波の中なれば久敷も見難し。只黒き皮のみ手に障りて、頭もなく目もなし。兩方へ枝の如き物二三本の出居る躰なり。大かたは枯木の根ならんと云ふ。（中略）椰子の實黒き物の前六尺ばかりに流れ來る時、枝の如くなる手を差のべて、椰子の實を引かゝへ、目口もなき所へ中の實を押あてしが、忽ち白き油を吸盡して、又手を放してからを流しやりける。是を見たる百姓共あきれ果て、扨は生あるものなり、打殺して見ばやと、皆々立騒ぎけれども（中略）一寸許も切こみ、黒き血少し流出づると見えしが、忽ち台地も覆るが如く、どう〳〵と響きけるが、今迄水渴してありし川へ、俄に水かさ一丈許もや、大波立ちて洪水出來る。（中略）古へに聞きし天呉とや云ふものならん。目鼻もなくして、よく川堤を破るなど聞きし。（中略）俗說に水熊の出でたると云ふは是なり。いかさま白山の谷の深淵に住むものなるべし。

（『三州奇談』より）

　そう広くもない蔵借堂の店内で、汀一と祐は三メートルほどの距離を取って相対した。状況についていけていない時雨と亜香里は、対峙する二人の中間地点よりやや汀一寄りの位置で、不安げな視線を交わしている。戸惑いながら亜香里が口を開いた。

「え、ええと……汀一、どういうこと？　小春木先輩と知り合いなの？」

「知り合いって言うか――昨夜妖怪に襲われて、この人に助けられたと思ったら消されそうになったから逃げた」

「は？　何それ」

「彼の話は事実です、向井崎くん」

　いっそう困惑する亜香里の問いに答えたのは祐だった。穏やかで気のいい図書室の主だったはずの少年は、神妙な顔をまっすぐ汀一へと向けたまま、強い語調で言葉を重ねる。

「驚くのも無理はありませんが、これは事実です。妖怪は――想像の産物であり架空の存在だと考えられていたものたちは、この世界に実在するのです！」

「へ、へえ……！　そうなんですね、知りませんでした」

　びしりと言い放たれた衝撃の事実に、亜香里は眉をひそめながらぎこちなく驚いた。

　そりゃリアクションに困るよなと汀一と時雨は共感した。亜香里の場合、そもそも自分が妖怪なわけだから、妖怪が実在することは当然知っているが、そのことは秘密なので驚いた顔をしなければいけないし、かつ、同じ委員会の先輩がこんなことを言い出した理由は気になるけれど、それを聞いていいものか……という顔である。訝る亜香里が見守る先で、その先輩は汀一を指さしさらに続ける。

「そして彼は人間ではありません。昨晩、彼が不思議な力を使うのをぼくは確かに目撃しました。驚くべきことに彼は、一瞬で巨大な衝立を作り出してみせたのです。あれは紛うことなき妖怪の業！」

「何？　いや、それは僕が――」

「しっ！」

思わず口を挟もうとした時雨を汀一はとっさに睨み、口元に指を一本立てた。妖怪全般を敵視しているやつがいる状況で、「それは僕が渡した妖具で」とか馬鹿正直に言い出されると、なおさらややこしいことになる。

幸い時雨は汀一の思惑をすぐに察し、あっさり口をつぐんでくれた。急に割り込んで来たと思ったら黙った時雨に、祐は一瞬だけ不審な目を向けたが、すぐに汀一へと視線を戻した。右手が万年筆を握り直し、左手が器用に手帳の白いページを開く。

「危険な妖怪を取り逃がしてしまったと悔やんでいましたが、昨日の今日で会えるとは。今度こそ逃がしませんよ」

「ちょ、ちょっと待ってください、小春木先輩」

「そうです。いきなりそんなことを言われても受け入れられるわけがない。あなたは彼を危険な妖怪と言いますが、この葛城汀一は僕の同級生であり友人です」

　亜香里が祐をなだめ、時雨が静かに進み出る。隣に立ってくれた時雨の横顔に、ありがたみと巻き込んでしまった不安とを感じながら、汀一は「そうそう」とうなずいた。

「おれは普通の人間だって。奈良から六月に引っ越してきたばっかりで……」

「奈良……？　奈良といえば、かの源頼光が退治した土蜘蛛、日本神話の三輪山の大蛇など、人に化ける強大な魔物の伝説が数多残る土地。さらには天狗や砂かけ婆などの伝承もありますし、六月と言ったら、この街に妖怪が現れ始める少し前……。もしや君――いや、お前こそが、街の怪事全ての元凶……!?」

「え？　何その理屈？　違うよ！」

「何をごちゃごちゃと。往生際が悪いですよ。覚悟しなさい、葛城汀一！」

　汀一の言葉を遮った祐が万年筆を突きつけた。ペンの先からインクの飛沫がまっすぐに飛び、汀一の靴の爪先に小さな黒い染みを作る。その一秒後、汀一は思い切ってコンクリートの床を蹴っていた。

　説得するのは無理っぽいし、蔵借堂はある意味ホームグラウンドだ。だったら先手を取れるはず！　一同の驚く視線を浴びながら、汀一は壁に固定されている色褪せたロープの束を手に取った。おい、と時雨が制止する。

「何を？　それは――」

「知ってるよ！」

値札のないそれを固定具から外した瞬間、ロープがひとりでに動き出す。指に巻き付かれるより早く、勢い任せに祐に向かって投げつけると、ロープは獲物を求める海蛇のように広がった。なっ、と祐が息を呑む。

汀一が投げたのは、雪山に現れ、出会った相手を縛って放置するという妖怪「雪降り婆」の紐である。持ち主の力が宿ったのか、最初からそういうものなのか、接触した相手を自動的に縛り上げて転がしてしまうこの妖具の厄介さは、汀一は身を以て体験済みだ。

これなら相手を傷付けず、とりあえず話をできる状態に持っていける。まあ転んだ時にどこか打ったりするかもだけど、それくらいは許してほしい……というのが汀一の算段だったのだが、紐が絡み付くより早く、祐の眼鏡の奥の双眸がギラリと光った。

「――其の長さ凡そ二間余り、乾きし旧縄なれど怪しき事には蛇(くちなわ)の如く自ずから蠢(うごめ)き、徒(いたづら)に人を縛らんと迫り来たり、雪中に出でし怪しき妖婆の得物なれば主の執念縄に宿りたりしか、暗がり坂下某古物商(あきない)にて記すッ！」

後ろに跳び退る祐が流れるような口述を響かせ、凄まじい速さで万年筆が走る。そしてペン先が手帳を離れるのと同時に、雪降り婆の紐は祐の眼前でフッと消失してしまった。

意外な光景に亜香里と時雨が目を丸くする。

「き――消えちゃった？　なんで？」

「まさか……」

「いや、時雨には言っただろ！　手帳に書かれたら消えるんだって！　くそ、隙を突けたと思ったのに……！」

　時雨に言い返しつつ歯噛みする汀一。一方、祐は、デモンストレーションは終わったと言いたげにうなずき、再度汀一に向き直った。

「予想外の手ではありましたが、あの程度なら十分対応可能です。次は何です？　それとも、もうおしまいですか」

「え？　いやまあそうだけど、そうとは認めたくないと言うか……てかさ、どうしてこんなことしてるわけ？」

　じりじりと後退りながら、汀一は思わず問いかけていた。それはとっさの時間稼ぎではあったが、昨夜からずっと気になっていたことでもあった。

　亜香里の話を聞く限り、祐は人畜無害で本好きな高校生であるわけで、そんな人間がわざわざ妖怪退治に乗り出す動機が分からない。あと、年上相手にため口で話していることに今更気付き、敬語に直すべきか迷ったが、命を狙ってくる相手を目上扱いするのも変なのでこのまま通すことにした。

　問いかけられた祐は「何を今更」と撥ね付けようとしたが、時雨や亜香里も同じ疑問を抱えているのに気付くと、少しだけ沈黙し、祐を見据えたまま口を開いた。

「……ぼくの生まれた小春木家は、かつては前田家に仕える武家で、代々祐筆を務めていました」

「……なんの話？　『ゆうひつ』って」

「書記のことだよ。あと文書記録の管理とかもしてたはず」

　補足したのは亜香里である。そうです、と祐がうなずく。

「ですが、祖先はただの文官ではありませんでした。小春木家の武士は文武両道を旨としており、その武術でもって、人に仇を為す悪しき魔物――妖怪を退治することもあったとか。我が家には、藩の公文書や各種の記録に交じって、そうしたことを記した不出の文書が残されています。これは藩政時代に限った話ではなく、明治期に警官として鹿島に派遣された先祖は、妖怪『白頭』を見事打ち負かしたそうです」

「しらこび……？　亜香里、知ってる？」

「ううん、わたしも初耳。時雨は」

「名前だけは何かで見かけたことがある。白い頭、白頭と書いて『しらこび』と読ませていたような……」

「その通りです。君は古い伝承に詳しいのですね。文献資料は存在せず、残っているのは聞き取り調査で採録された記録一点のみというマイナーな妖怪ですが、なかなか凶悪なやつだったと伝わっています。歳を経た狐か狸の変じたもので、鹿島の古い神社に居着き、赤ん坊を串刺しにして囲炉裏で焙って食らったりしたとか……。先祖が退治してからは出なくなり、土地の人たちは大変喜んだそうです」

「は、はあ……。つまり、先祖がやってたから自分もやってるってこと？」

「そう捉えていただいて構いません。ぼくは争いごとを好みませんし、揉め事も苦手なたちですが……しかし、義を見てせざるは勇無きなり、です。目の前に街の脅威が存在し、それに抗する力が自分にあるのなら、看過することはできません」

汀一の問いに即答した祐が、自分に言い聞かせるようにしっかりと語った。額に薄く浮いた冷や汗に長い前髪が張り付き、万年筆を持つ手は小刻みに震えている。

争いごとや揉め事が苦手というのは本当なんだろうな、と汀一は理解した。今見せつけている冷徹な真剣さはおそらく、内心の恐怖を抑えつけるための仮面なのだ。

なんの賞賛も報酬も得られないのに、どこかの誰かの安全のため、密かに妖怪に立ち向かう一人の男子高校生。絶対に悪い奴ではないんだよなあ……と汀一は思った。むしろ逆だ。問題は、激しく勘違いしているという点だけである。

「あの……かっこいいし立派だとは思うよ？　尊敬もするし……。でもさ、おれは別に危険な妖怪なんかじゃ」

「いい加減にしつこいですよ。自分のことを人間だと思い込んでいる妖怪なのかもしれませんが、同じことです。打つ手がもうないなら、こちらから……」

「はい？　いや、もうちょっと話そうよ！　おれはまだ――」

「問答無用です！」

そう言い切った祐が万年筆を手帳の上に構え、汀一が「待った！」と叫ぼうとした、その瞬間。汀一の視界を青白いものが遮った。

「待っ――え。何これ……？」

戸惑った汀一が目を瞬く。汀一の目の前に垂れ下がっているのは、目の細かい網か、あるいは紗（しゃ）のような軽い布である。薄い織物なのになぜか向こうが見通せず、しかもそれは四方に釣り下がって、自分だけを囲い込んでいるのだ。わけのわからないままとりあえず目の前の布をめくって進んでみたが、そこもまた同じ布に四方を囲まれた空間であった。

　これは一体どういうことだ。もしかしてここは一種の牢獄のような場所で、自分はもう祐の力で消されてしまっており、それでここに送られた……？

　ぞっと震える汀一だったが、その時、上着のポケットでスマホが震えた。取り出してみると時雨から電話が掛かってきている。こんなところでも電波が入ることに驚きつつ、汀一は通話ボタンに触れた。

「も、もしもし時雨……？　えーと、生前はお世話になりましてご愁傷様」

「何を言っている。時間がないから手短に言うぞ。今君は、蚊帳（かや）吊り狸の蚊帳の中にいる」

「かやつりだぬき？」

「紗（うすぎぬ）に四方を閉ざされるという怪現象で、狸の使う妖術の一つだ。その力を加工して封じた妖具を、僕がたった今使った」

「あ、これ、時雨がやったの？　つまりおれはまだ生きてる……？」

「当たり前だ。死なれてたまるか。これは、昨日渡した衝立狸の前に作った護身用の妖具だったが、失敗作なんだ。その場に居合わせた全員を紗に閉ざされた空間へ放り込んでしまい、小一時間は解除できない」

「また面倒なもの作ったね……。待てよ、全員ってことはあいつも？」

「ああ。だから今のうちに君は逃げろ。蚊帳吊り狸の閉鎖空間からの脱出法は簡単だ。腹に力を入れ、正面の布をめくって進め。それを繰り返せば三十六枚目で外に出られる」

「了解！　って、あいつもその方法を知ってたらすぐ抜け出てくるんじゃない？」

「失敗作だと言ったろう。この妖具は、最初の一人が抜け出すとそれに気付いて法則を変える。残りは何をやっても時間切れまで出られなくなるんだ。だからいいな、とにかく今はここから離れろ！」

よほど焦っているのだろう、時雨の口早なアドバイスがスマホのスピーカーから響く。

汀一は「分かった、ありがとう」と告げて電話を切り、言われた通りに腹に力を入れ、正面の織物をめくった。まず一枚目！

＊　＊　＊

「……ふう」

森に囲まれた古い神社の軒下で、汀一はやるせない溜息を吐一つ落とした。

山中に佇む無人の社は、人口五十万人弱の都市の一角とは思えないほどひっそりとしており、少し前に降り出した雨の音だけが四方八方から響いていた。水たまりの広がる暗い境内には、それぞれ一対の狛犬を擁した三つの社がLの字を描くように配置されている。

汀一が雨宿りしているのは、そのうち一番奥まったところにある社だった。

木々の葉や枝を伝った雫が古びた本堂や苔むした狛犬を黒く濡らす。もう日は落ちたのだろう、森の向こうに覗く曇り空は薄暗く、人工的な光源が何もない境内には夜の闇が忍び寄りつつあった。

汀一が蚊帳吊り狸の閉鎖空間を抜け、蔵借堂を飛び出したのが、今から一時間ほど前のこと。とりあえず時雨に言われたように店から離れてはみたものの、これからどうしたらいいものか。何せ命を狙われたのは初めてなのでどうすべきなのかさっぱりで、不安だけが膨らんでいく。

「警察に飛び込んでどうにかなる話でもないだろうし……。家に帰るってのもまずいかなあ、やっぱり……。もう無理な気がしてきたな……。時雨と亜香里は大丈夫かな……」

雫の跳ね返りを避けて本堂に近づきながら気弱な声でつぶやいていると、ポケットの中でスマホが震えた。時雨からかと思ったが、発信者は亜香里だった。

「亜香里？　そっちは大丈夫？」

「汀一、今大丈夫？」

ほぼ同時に不安げな問いかけが響き、亜香里と汀一はお互いが無事であることを知った。ほっと安堵の溜息を重ねた後、汀一はスマホが濡れないよう体の向きを変えて続けた。

「時雨は？」

「時雨も元気だから安心して。と言うか心配なのは汀一の方だよ。狙われてるんだから」

「そりゃそうか。あいつ……小春木は？」

「……分からない。蚊帳吊り狸の効果が消えたのはついさっきなんだけど、その時にはもういなかった。多分、自力で抜け出して、汀一を追っかけていったんだと思う。わたしは時雨と手分けして、汀一を捜しに出たところ。今どこにいるの？」

「あー。それがさ、よく分かんないんだよね……」

声をひそめて「適当に走ってたから」と汀一が言い足す。それを聞いた亜香里は、呆れたのかしばし絶句し、出来の悪い弟を戒める姉のような口調で言った。

「どう走ったのか言ってみなさい。覚えてる範囲でいいから」

「えーと……蔵借堂を出た後、まず浅野川を越えたんだよ。人が多い場所の方が紛れられるし、ひがし茶屋街の方に行こうと思ったんだけど、橋を渡ったあたりで、関係ない人を巻き込むとまずいよなって気付いてさ」

「ふむふむ」

「だから茶屋街に入るのはやめて、川沿いに右に折れたんだ。そのまままっすぐ行くと坂があったからよく考えず登った。森に挟まれてぐねぐね蛇行したきつい坂道がしばらく続いて、そろそろ疲れてきた頃に、森の中に鳥居があったからなんとなく入った」

「惰性で動きすぎじゃない？」

「自分でもそう思うけど、考える余裕がなくて……。で、山道をふらふら歩いてたら雨が降ってきて、ちょうど近くに神社があったから、そこで雨宿りしてるとこ」

「神社の名前はそこから見える？」

「あー、見えない。古くて誰もいなくて、電気もなくて、本堂が三つ並んでる」

「本堂が三つ？　あー、ってことは卯辰山三社か。かなり山の上なのに、よくそこまで走れたね……」

　汀一の居場所をようやく把握した亜香里がしみじみ感心する。必死だったから、と汀一が頭を掻いて苦笑すると、亜香里もつられて少し笑い、ややあって、しんみりした声を響かせた。

「……あの。ごめんね、汀一」

「え？　きゅ――急にどうしたの」

「だってわたしのせいじゃない。わたしが小春木先輩を連れてきたからこんなことになったわけでしょう？　謝って済むことじゃないけど……でも、本当にごめん」

　泣き出しそうな沈んだ声がスマホ越しに耳へと届く。いつも気丈で頼れる亜香里のこんな声を聞くのは初めてで、汀一はひどく驚き、狼狽えた。

「い、いや、亜香里が謝ることじゃないって！　亜香里は全然悪くないし……。てか、そもそも、自分の先輩が夜な夜な妖怪退治してるなんて、絶対予想できないよ！　できたら逆におかしいし」

「……確かにそうだよね」

　亜香里はそう言って少しだけ笑った。聞き慣れたその口調に、汀一はほっと安堵した。勝手な願いかもしれないが、亜香里には元気であってほしい。

「……あのさ、亜香里。亜香里はあの人の後輩なわけだし、どうにか説得できないかな。もちろん、亜香里が妖怪だってことは隠したままで」

「わたしも、先輩とちゃんと話さなきゃとは思うんだけど……連絡先、知らないんだ」

「え、そうなの？　やった！」

「なんで喜んだの今。で、友達に聞いてみたんだけど、小春木先輩スマホあんまり使わない人らしくて……」

「あー、なるほど……。てかあの人、どういう人なわけ？」

「……ああいう人。悪い人じゃないんだけどね、こうだって決めちゃうと人の話を聞かないところがあって、今はその性格が悪い方に働いちゃってるんだと思う。なんとか捜して説得してみるつもり。だから——」

　亜香里はそこで一旦言葉を区切った。短く息を吸う音がスマホ越しに汀一の耳に響き、しっかりとした声がそれに続く。

「だから、今はちゃんと逃げてね。汀一のことだから、もしかして、もう無理なんじゃないかとか思ってるかもだけど」

「え。なんでそれを？」

「やっぱり！　あのね、大丈夫だから。諦めちゃ駄目だよ。わたし、汀一にいなくなってほしくないから」

「……え」

「汀一？　もしもし、聞いてる？」

「あ、ごめんごめん！　聞いてる聞いてる」

訝る亜香里に慌てて返答し、「ありがとう」と告げて電話を切る。そのまま汀一は神社の柱にもたれかかり、通話が終了したことを示す液晶画面をぼんやり見つめた。

雨は依然として止む気配がなかったが、汀一の耳と心の中では、雨音を掻き消すほど強く亜香里の声が反響し続けていた。

――汀一にいなくなってほしくないから。

亜香里がああ言ってくれたことが汀一にとっては何より嬉しかったし、そう言ってくれる亜香里だから好きなんだろうな、とも汀一は思った。

見た目の可愛さも勿論だけれど――否定するつもりは毛頭ない――気丈で優しく、はっきりしていて頼もしい。だからこそおれはあの子に惹かれたんだろうな。改めて確信しながら、汀一はスマホをポケットに突っ込み、神社を囲む森に向かって声を発した。

「あー。好きだ、亜香里」

「……何を言っている」

つい漏れ出てしまった心の叫びにドライな声が呼応した。え、誰？　汀一が声の方向に視線を向けると、雨宿り中の社とは別の社の陰、苔むした狛犬の隣に、傘を差した人影が一つ立っていた。

姿勢のいい長身の少年で、掲げているのは赤黒く大きな洋傘である。境内はかなり暗くなっていたが、その背格好と声、それに見慣れた傘は見間違えようもない。

「時雨？　どうしてここに？　……てか、なんでそんなドン引きしてるの」

「当然だろう。さぞ不安だろうと思って急いで足を運んでみれば……何が『好きだ、亜香里』だ」

「……聞こえてましたか」

「聞こえたから反応したんだ。気まずいし気恥ずかしいし、正直、見なかったことにして帰ろうかと思ったぞ。……だがまあ、無事だったのは何よりだ」

顔を薄く赤らめながら時雨が傘を少し差し出す。入れということらしい。汀一は境内から傘の下へ移動し、まだ新しい傘を内側から見上げた。

この傘は、時雨が以前愛用していた傘が縊鬼の一件を経て妖具「手形傘」へと変わってしまい、蔵借堂の奥に仕舞い込まれることになったため、少し前に新しく買ったものだ。せっかくだから別の色にすればいいのに……と思ったことを回想しつつ、汀一は「にしても」と時雨を見た。

「よくおれがここにいるって分かったね」

「亜香里から、汀一が卯辰山三社にいると連絡があった。僕の方が近かったから出向いたまでだ」

「へー」

どうやら亜香里は自分と電話している途中に、メッセージアプリか何かで時雨にこの場所を教えていたらしい。なるほどと汀一は納得し、改めて亜香里に感謝した。

「で、これからどうしよう」

「ここにいても仕方ないだろう。僕は蔵借堂に戻って立て直すべきだと思う。使える妖具もあるし、瀬戸さんや蒼十郎さんの知恵も借りられる」

「確かに」

行こうと仕草で促す時雨に並んで汀一は歩き出した。境内はもうかなり暗く、目を凝らさないとあたりが見えない。水たまりに気を付けながら二人は山中の神社を出た。こっちだ、と時雨が右に曲がり、山の傾斜に沿って下る坂道を示す。

「あれ、そっちの道行くの？　おれ、上の方からぐるっと下りてきたんだけど」

「下山するならこの道の方が早い。途中に卯辰山公園の花菖蒲園（はなしょうぶえん）があったろう。ここを下るとあそこに出るんだ」

「花菖蒲園？　あったような、なかったような」

時雨と並んで山中の細い階段を下りながら、汀一はふと自分の口調が軽くなっていることに気が付いた。軽くなっているのは心もだ。人は、気心の知れた話し相手が隣にいてくれるだけで前向きになれるものらしい。それより問題は、と時雨が眉根を寄せる。

「彼――小春木祐のあの力だ。妖怪や妖具の形状を記述することで対象の存在を消し去ってしまうという彼の能力は、正直、かなり厄介だ。しかもどうやら、相対するだけで相手の本質を一瞬で見抜いてしまえるらしい」

「凄いよね……。てか、『彼の能力』じゃなくて、あの万年筆と手帳の力じゃないの？　あいつは普通の人なんだから。あの万年筆、妖具だよね」

「だろうな。彼があの万年筆を使った時、確かに妖気が感じられた。手帳の方はなんとも言えないが、万年筆の方が妖具であるのは間違いないと思う」

「何でそんなものを持ってるんだか。あれ、どういう原理で消されちゃうわけ？」

「僕が知りたい」

　汀一が見上げた先で時雨は首を横に振り、少し間を置いて「僕なりに強引に解釈するなら」と続けた。

「妖怪はそもそも不安定な存在で、その在り方を伝承や記録などの情報に左右されてしまう。妖怪がいたから記録が作られ、物語があって妖怪が生じる……。どちらのケースもあるのだろうが、あの万年筆はおそらくその関係を固定させた上で逆転してしまうんだ」

「難しいね。固定させた上で逆転……？」

「要するに、この世に既に存在している妖怪や妖具を、その形状や特徴を記録することで、文字列へと強引に置き換えているんだ」

「何それ。無敵じゃん。そんなめちゃくちゃな妖具もあるの？」

「……分からない。ずっと考えているんだが、あんなものは見たことも聞いたこともないんだ」

「はい？　いや、だって時雨、昨日、未知の妖具というのは基本的に存在しないって」

「僕もそう思っていたんだが……」

　何がなんだかさっぱりだと言いたげに渋面の時雨が首を振る。妖具に詳しいはずの時雨にそう断言されてしまうと、素人の汀一に言い返せることはなく、不安な沈黙が二人を包んだ。そのまま時雨と汀一はしばらく無言で並んで山道を下り、やがて下り坂の終点が見えてきた頃、汀一がぽつりと声を発した。

「あのさ。あの万年筆で消せるのって妖怪だけなのかな」

「どういうことだ？」

「もしそうなら、あれに書かれても普通の人間のおれは消えないかも、って思って。で、消えなかったら、なるほどこいつは人間なんだな、ぼくが誤解していました、ってことで丸く収まるんじゃないかなーって。向こうも人間だし、戦わずに丸く収められたらそれが一番だと思うしさ。どう？」

「賛同しかねる。彼の力が人間には効かないと断言できる根拠がない。うっかり消されてしまってから後悔しても遅いんだぞ」

「確かに……。と言うか、それじゃ解決にならないか。あいつ、妖怪は全部敵なんだって思ってるみたいだから、そこを分かってもらわないと……」

「ああ」

汀一が漏らしたぼやきに時雨が小さく首肯する。そのまま言葉を続けなかったのは具体的な方法を思いつかなかったからだろう。二人の少年は揃って溜息を吐いた。

「てかあいつ、なんであんなに妖怪が嫌いなんだろ」

「それはさっき本人が言っていただろう。忘れたのか」

「先祖代々の務めがどうこうってやつだろ？　覚えてるよ。でも、それだけじゃない気がするんだよね」

「どういうことだ？」

「この世界には実は危険な妖怪がいるのでお前が一人で戦えって言われても、普通の高校生の場合、分かりましたとはならないと思うんだよ。おれだったら絶対誰かに相談するか頼るかするし、それ以前に、戦わないで済む方法を必死に探す」

「君らしいな」

「……それは褒めてくれてるんだよね？　で、つまり、小春木があそこまで本気になるからには、何かそれなりの理由が……こう、個人的な恨みと言うか使命感みたいなものがあるんじゃないかなって思うんだけど」

「一理はあるが……それを知ろうと思ったら本人に聞くしかないだろうな」

「だよね」

時雨の言葉に苦笑で応じ、汀一は最後の一段を下りた。階段の刻まれた下り道はここまで、そこからは未舗装の山道が右手に向かってまっすぐ延びていた。草がまばらに繁った道の先には、古びた鳥居のシルエットと雨に照り返す街灯の光が見えている。

「この先が時雨の言ってた花菖蒲園？」

「ああ。……む、止んだな」

　雨音がしなくなったことに気付いた時雨が傘を下ろし、「傘、ありがと」といつものように汀一が言う。あたりはすっかり暗くなっていたが、それだけに鳥居の向こうの灯りが頼もしい。程なくして鳥居を抜けると、そこは山肌の斜面を利用した広大な段々の花壇であった。

　雨に濡れたランプが「卯辰山公園　花菖蒲園」の看板を照らしている。シーズンオフとあって花は咲いていなかったが、奥に行くほど高くなる立体的な構造の中に池や橋を配した設計は花がなくとも見応えがあり、汀一は足を止めて一帯を見回した。

「へえ……。こんな風になってるんだ」

「登ってきた時にこの前は通っているはずだろう」

「だから覚えてないんだってば。ここ、花が咲いてる季節は綺麗なんだろうね」

「それはもう圧巻ですよ。段々畑に紫陽花（あじさい）が一面に咲き誇って……。晴れている日はもちろんのこと、雨中の花壇もそれはそれは風情があります」

「だよね。階段みたいになってるから遠くまで良く見え――え？」

　つい相槌を打った後、汀一ははっと我に返った。今の声って？　汀一が息を呑み、時雨が絞った傘を剣のように持ち直す。

　身構えた二人が同時に見上げたその先、上段の花壇の端に立っていたのは、長い髪を夜風に揺らす祐だった。紺色のチェック柄の傘を片手に下げ、胸ポケットには例の万年筆が挿さっている。「待ちくたびれましたよ」と響く声に、汀一が震えながら問い返す。

「どうしてここに……？」

「先ほど、古道具屋さんの店内で、君の靴の爪先に万年筆のインクが飛んだのを覚えていますか？　ぼくはこの万年筆のインクの飛沫を追えるのです」

「そんな力まであるのか？　一体全体、それはどういう素性の妖具なんだ……？」

「そこまで話すつもりはありません。もう夜も更けてきましたからね。今度こそ――」

「ま、待った！　ほんとに待った！　これだけ聞かせてほしいんだけど、あのさ、お前――小春木は、どうしてそんなに妖怪が憎いわけ？」

「それでしたらお伝えしたはずですが」

「家柄の話は聞いたよ。でもやっぱり、それだけとは思えないんだ」

「それは――いいえ。人に話して聞かせるようなことではありません」

「いや聞かせてよ！　こっちはもう最後かもしれないんだよ？　よく分かんないまま消されろって、それはさすがに乱暴すぎるよ！」

　段上の祐を見上げたまま汀一が訴える。そんな懇願が通じるかと時雨は呆れたが、意外にも祐は汀一に共感したのか、手帳を開こうとしていた手を止め、視線を山の麓へ向けた。

この花菖蒲園は、金沢市街を見下ろす卯辰山の中腹を切り開いて設置された公園であり、金沢の街並がよく見える。妖怪狩りを自身の使命と位置付けている少年は、浅野川を象る（かたど）ように灯った無数の光を眺めながら、何かを確かめるように軽くうなずき、口を開いた。

「――ぼくの母は、妖怪の手に掛かって命を落としたのです」

夜更けの花菖蒲園に抑えた声が確かに響く。えっ、と絶句する聞き手の二人を前に、祐は静かに言葉を重ねていった。

おとなしく優しい女性だった母は、自分が四歳の頃に亡くなった。正確に言えば、自宅の中庭で突然燃え尽きるように消失したのだ――と、祐は語った。

それを聞いた祐の父親は、見間違いか思い違いだと否定した。記録でも、母は遠方の病院に入院し、そこで亡くなったことになっている。あのショッキングな光景は祐の記憶に残っていたが、しっかりと物心がつく頃には人が突然消えるなどあり得ないと理解していたので、父の言葉を受け入れていた。

だが、この七月。祐は金沢駅で信じられない光景を目撃した。

傘を差した二人連れが猛烈な雷雨を呼び、駅前のガラスドーム、通称「もてなしドーム」を砕いたのである。二人の顔は遠かったので見えなかったが、一瞬記憶が飛んだかと思うと二人の姿は消えており、不思議なことにガラスドームは何事もなかったように修復されていて、誰もそのことを覚えていなかった……。

もったいぶって語られたその告白に、汀一と時雨が顔を見合わせたのは言うまでもない。

ちょっと待ってねと祐を制止し、汀一は時雨の耳元に顔を寄せてささやいた。

「今の話っておれたちのことだよね……？」

「当たり前だ。そんな二人組がそうそういるものか。幸い、その二人連れが僕らだとは気づいていないようだが……しかし、どうして彼はそれを記憶しているんだ？　あの損害も、それにまつわる諸々も、槌鞍さんの力でリセットされたはずなのに」

「だよね……」

「何を二人でひそひそやっているのです。話せと言ったのは君でしょう」

「あ、ごめん！　ちょっとこっちの話があって」

祐に睨まれた汀一が頭を掻く。未だ何の策も浮かんでいないが、話を引き延ばせば何かしらの糸口がつかめるかもしれない。微かすぎる希望に縋りながら「続きをお願いします」と促せば、祐は再び語りだした。

曰く、金沢駅の一件を経て、祐の中で幼い頃の疑念が再燃した。もしかしてこの世界には一般的な常識を超えたものが存在しており、一般的な常識を超えたことを引き起こしているのではないか。母はそういった不可思議な超越的存在の――おそらく「妖怪」と呼ばれるものたちの――手に掛かって消されたのではないか。つまり、あの日の母の消滅は本当にあったことで、偶然自分だけがそれを認識し、記憶できていたのでは……？

荒唐無稽な推論だったが、もしそれが事実なら看過できない。祐が自宅の自室でその考えに至った時、ふいにどこからともなく声が聞こえた。

「使え」と呼びかけるその声は、母の遺品たる万年筆から響いていた。不思議に思ってそれを手に取ると、使い方が頭に流れ込んで来たのだ……。そう祐は語り「声が聞こえたのは、後にも先にもあの時だけでした。その後は知っての通りです」と解説を締めくくった。

　母親の死が直接絡む重たい話に、汀一たちは言葉を返せなかった。そういう事情ならまあこうなっても仕方ない。汀一は納得し、さらには深く共感してしまっており、それは時雨も同様だった。聞き手が沈黙しているのを見て取ると、祐は再度眼下の街に目を向け再度口を開いた。

「……『亡母憧憬』という言葉をご存じですか？　『亡母』は亡き母、『憧憬』は憧れ……。泉鏡花の作品を貫く規定概念の一つです」

「え。泉鏡花……？」

「ええ。かの幻想文学の大家は、母・鈴の愛蔵した本で物語の世界に触れ、その母を幼い頃に失った。亡くなった母がこの卯辰山の山上の墓地に埋葬されたこと、また、この山の寺院に祀られていた摩耶夫人像に母の面影を見出したことから、鏡花はこの山を亡き母と重ねたと言われています」

　雨に濡れた卯辰山を見回しながら祐が語る。思い入れのたっぷり籠もった語り口に、そう言えば祐を知ったのは泉鏡花のレポートの話題がきっかけだったな、と汀一は思い出した。昨晩のことなのだが、まるでしばらく昔のようだ。祐の語りは途切れることなく続く。

「鏡花を知ったきっかけは、小学生の頃に読んだ『化鳥』の絵本です。あの本の解説で、郷土の文豪が自分と同じように母を亡くし、その幻を卯辰山に見ていたことを知り、ぼくは彼に共感しました。この山は、ぼくにとっても母との思い出の場所でしたから」

「そうなんだ……」

「はい。ここはまだ中腹ですが、もっと上、鏡花の母が埋葬された望湖台（ぼうこだい）のあたりまで登れば見晴らし台があります。よく晴れた日には、金沢の街のみならず、南は遥か白山（はくさん）から、北は日本海までが一望できる……。この卯辰山、江戸時代の前期には、『金沢城や城下町を見下ろしてはならない』という理由で立ち入りが禁じられていたそうですが、それもうなずける絶景です。母は山から街を眺めるのが好きで、よく連れてきてくれました……。思い出のこの卯辰山で君と再会できたのも、母の導きかもしれません。もう二度と、自分のような目に遭う人を出してくれるな――と。だとすればぼくは逃げるわけにはいかない。そうでしょう？」

「確かに」

「共感してどうする？　狙われているのは君なんだぞ！」

　思わず同意した汀一の隣で時雨が呆れて言い放つ。「それも確かに！」と我に返って怯える汀一に、祐はまっすぐな敵意を向け、自嘲するように肩をすくめた。

「どうもぼくは話が長くていけませんね。言葉が通じる妖怪に会ったのは初めてなので、つい長広舌（ちょうこうぜつ）になってしまって……。では、そろそろ始めましょうか。傘を持っている君は下がってください」

「僕ですか」

「ええ。どうやらあなたは葛城くんと親しくしているようですが、残念ながら君の友人は妖怪で――」

「……断ります。いや、断る！」

きっぱりと言い直しながら時雨が汀一の前に歩み出る。祐だけでなく汀一をも驚かせながら、傘の妖怪である少年はふうっ、と一つ息を吸い、前髪越しの双眸を祐へと向けて傘を広げた。

「逃げるわけにはいかないし、あなたも僕を逃がせないはずだ。……なぜなら、この僕、濡神時雨もまた妖怪だから！」

「……なんですって」

「唐傘お化け、唐傘小僧、傘化け……。好きな名前で呼ぶといい！」

開き直ったのか、無理矢理自身を鼓舞しているのか、時雨が声を張り上げ、その手にした傘が不自然にぶわりと波打った。自分を庇うように前に立つその背中に、汀一はこの上ない頼もしさと安心感を覚え、同時にさーっと青ざめた。

「馬鹿か！　なんで言っちゃうんだ！　バレてないんだから逃げれば良かったのに」

「馬鹿はこっちの台詞だ！　見捨てていけるか、この状況で……！　君から受けた借りを、僕はまだ返し切っていないんだ！」

「時雨……！　いや、その気持ちは嬉しいよ？　嬉しいんだけど何か作戦が」

「ない！」

「だよね！」

広げた傘を盾のように構えながら時雨が言い切り、汀一があーっと唸って顔を覆う。そのやり取りを見た祐がはっと目を丸くする。

「そうか、その傘……！　あの時の金沢駅の二人は――君たちでしたか」

「その通りだ、さあ来るなら来い！」

「落ち着いて時雨！　やけになってるだろお前！　傘で防げるようなものじゃないし」

「いいでしょう。まずは君から――」

慌てる汀一を無視し、祐が万年筆を構えて時雨を見据える。再び顔を覆う汀一。だがその矢先、祐が大きく息を呑んで絶句した。

「ど、どういうことです？　この情報量の多さは一体……？　しかも情報の全てが曖昧模糊としており、記述すべき内容を定められない……！　まさか、こんなにも漠然としてアバウトな妖怪がいるなんて……！」

「あ、アバウト？　そうなの？　そうなの時雨」

「僕に聞くな！　まあ、そういう妖怪という自覚はあるが、しかし好きでそう生まれ付いたわけでは……」

唐傘の妖怪としてのコンプレックスを刺激されたのだろう、助かったのはありがたいけれど……と言いたげな顔でぶつぶつつぶやく時雨である。まだです、と祐が言い放つ。

「この万年筆を握っている以上、ぼくは目の前の相手の本性を見抜くことができる。君の情報量がいくら多かろうと、全て記述してしまえば問題はありません！」

「え。そうなの？　そういうものなの時雨？」

「だから僕に聞かないでくれ！　あんな妖具は見るのも聞くのも初めてなんだから！　だが、時間が掛かるなら隙はある。手荒な真似はしたくないが……！」

傘を広げたままの時雨が万年筆を走らせる祐をキッと睨む。今にも傘を振りかざして祐に飛び掛かりかねない時雨の姿に汀一は焦った。

なんだかんだ言って時雨はそれなりに強いし、そして祐は物理的な攻撃には弱そうだ。なので勝機ゼロというわけではなかろうが、時雨が消されてしまう可能性もしっかりあるし、欲を言えば祐も傷つけたくないわけで、だったらええと……。ほんの一、二秒だけ思案した後、汀一は唐突に大声で笑っていた。

「う――うわっはっはっはっはっは！」

「なっ、なんです？」

「汀一？　どうした急に」

「汀一ではない！　おれ――じゃない、えーと、わしは、葛城汀一であって葛城汀一ではないもの！　聞くがいい、小春木祐とやら！」

驚く二人の視線を浴びながら、汀一はできるかぎり尊大な態度で祐の前に進み出た。ゆっくり両手を広げる小柄な少年に祐が戸惑う。

「もしや……それが君の本性ですか？　葛城汀一なる少年に宿っていた悪しき妖怪？」

「え？　そ、そう！　いかにもその通り！　わしこそはええと……ほら、あれだ。かつて小春木家に打ち倒された、妖怪しろこぶの怨念なり」

「しろこぶ？　白頭のことですか？　ぼくの先祖が明治時代に退治したという」

「そうそれ！」

訝る祐に即答し、汀一は背中で手を組んだ。後ろから時雨が不安な顔で問いかける。

「どうしたと言うんだ汀一……？」

「だから汀一ではないと言っとろうが」

肩越しにちらりと振り返り、汀一は背中に隠した手を動かした。右手でペンを持つ形を作り、それを左手のパーで包み込む。時雨にはこのジェスチャーが見えているはずだが、伝わっているかどうか確認している余裕はない。分かってくれ、と必死に念じながら、汀一は祐を見上げてぐふふふと笑った。漫画や映画で見た悪役の演技を参考に、なるべくそれっぽく言葉を重ねる。

「小春木家の末裔よ。ここで会うとはまさしく……ええと、ここで会ったが百年目。実に久しいのう」

「これはご丁寧に……と言うべきでしょうか。しかし、白頭にしてはどうにも安っぽいような」

「黙らっしゃい」

「ほら。言葉遣いも一定していませんし、本当にあなたは白頭ですか？　名もなく学もない最近の悪霊か何かなのでは……？」

「し、失礼だな君は！」

　と汀一が思わず反論した時だ。祐が足下に置いていた傘が、弾かれたように跳ね上がった。勢いよく宙に舞った祐の傘はひとりでに開いて裏返り、餌に食らいつくイソギンチャクのごとく、祐の右手の先を包み込んだ。予想外の展開に祐が息を呑む。

「傘が⁉　――そうか、君の力か、濡神時雨！」

「いかにもそうだ！　僕は傘の妖怪だからな、手近な傘は操れる！」

　時雨のその宣言とともに祐の手に嚙み付いていた傘が祐から離れ、もぎ取ったばかりの万年筆を、ぺっ、と中空に吐き出した。すかさずそれを時雨が摑む。

「もらった！」

「しまった！」

「よし！」

　祐が青ざめ汀一がガッツポーズを決める。興奮した汀一が「ありがとう」と声を掛けると、時雨は呆れた顔で肩をすくめた。

「君の作戦勝ちではあるが、意図が分かりにくいし、何より悪役の芝居が下手だ。明治時代の妖怪の怨念は『そうそれ』とか言わないと思うぞ」

「ぼくの目を引き付けるための演技だったわけですか。道理で三文芝居だと思いました」

「うるさいよ二人とも！　ともかく、これでこっちの勝ちだからな！　妖怪を封じられる万年筆さえなければ、お前はただの人間なんだから」

「――待て」

　勝ち誇ろうとする汀一の言葉を遮ったのは、時雨の短く、そして深刻な声だった。え、どうしたの？　汀一、それに祐もが見つめる先で、万年筆を右手の人差し指と親指でつまんで持ち上げた時雨は、この上なく眉根を寄せた。

「どういうことだ。これは……妖具じゃない」

「はい？　いや、そんなわけないだろ。だって小春木はそれの力で」

「分からない。だが、これからは全く妖気が感じられないんだ……！　これは……単なる古い万年筆だ」

「な――なんですって？　そんなはずは……！　だったらどうして、ただの人間のぼくが妖怪を封じられるんです？」

　狼狽した顔で問いかけたのは祐である。その疑問はもっともだったが、答は時雨にも祐にも分からなかった。

「……もしかして、不思議な力があるのは手帳の方だったり」

「それはありません。この手帳は先月、竪町の文具店で買ったものです」

「割と最近買ったんだね……。だったら、えーと……あ」

　首を捻る汀一の胸の内に、小さな思い付きがふいに浮上した。

いや、さすがにそれはないか。でもそうだったら話は通る気がするし、それに、あの件にも説明が付く。だったらほんとにもしかして……？

内心で短い自問自答を済ませた後、汀一は両手を掲げて戦わない意思を示した上で、あのさ、と祐に話しかけた。

「一つ、確認させてほしいことがあるんだけど」

＊　＊　＊

「ご推察の通りです。祐の母親は人間ではありません。彼女は――小春木未希子さんは、れっきとした妖怪でした」

その日の夜、長町武家屋敷跡界隈の一角に建つ瀟洒な日本家屋の座敷にて。この家の主であり、祐の父親である小春木聡は、きっぱりとそう明言した。

年の頃は四十代後半、着慣れた感のある着物姿で、少し白髪の交じった短髪を左に流し、銀縁の眼鏡を掛けている。息子に似て柔和な顔立ちの聡の告白に、座敷に並んだ一同は――つまり、汀一と時雨と祐、それに途中で合流した亜香里を加えた四人は――揃って息を呑んだ。祐はショックのあまり何を言っていいのか分からないのだろう、愕然とした顔でわなわなと震えている。その姿を心配そうに見やった後、亜香里は隣に座る時雨に横目を向けて小声を発した。

「まさか本当にそうだったなんて……。よく気付いたね、時雨」

「その可能性に思い当たったのは僕じゃない。汀一だ」

「だってさ、万年筆が妖具じゃないなら、本人にそういう力があるとしか思えないだろ。ほら、小春木がおれのこと『自分のことを人間だと思い込んでいる妖怪なのかも』って言ったの覚えてる？　あれを思い出して、もしかしてって気が付いたんだ。金沢駅の一件を忘れてなかったことだって」

「妖怪であれば、槌鞍さんの力が及ばない可能性はある……か」

「そういうこと。お母さんが妖怪ってのは考えてなかったけどね」

人と妖怪がお互いの素性を知った上で結ばれるケースがあること自体は汀一も知っているが、そういったカップルから生まれた子を見るのは初めてだし、その子供に不思議な力や体質が受け継がれる場合があることも初めて知った。汀一が「そういうことってあるんですね。驚きました」と素直に述べると、座卓の向かい側に座っていた聡は、よく分かると言いたげにうなずいた。

「驚いたのは私も同じですよ。妖怪が存在すること自体は存じておりましたが、この街に大勢の妖怪が暮らしていて、うちの祐がそれを退治しようとしていたなんて……。私が謝ってすむことではありませんが、せめて謝罪させてください」

そう言って聡が深々と頭を下げる。自宅で書道教室を経営する傍ら、市内の小中学校でも講師を務めているという聡は、武士の家柄とは思えないほど慇懃（いんぎん）で物腰の柔らかい人物だった。祐が誰に対しても敬語で接するのはこの父親の影響だということは少し話してすぐに分かった。頭をお上げくださいと時雨が促すと、聡は姿勢を正し、隣で押し黙ったままの息子を一瞥した上で、窓の外に目をやった。

　歴史のある武家屋敷だけあって、ガラス戸の向こうには松を始めとした庭木を重層的に配した立派な庭園が広がり、鯉の泳ぐ池の向こうには小さな蔵が建っている。その白壁の蔵を見ながら聡が言う。

「妖怪にも色々いるのでしょうが、未希子さん――私の妻は、この家に代々蓄えられた書物の精霊でしてね」

「書物の……？」

「本人はそう言っていましたよ」

　問いかけた時雨にうなずき返し、聡は妻とのなれそめを語った。

　代々祐筆を務めていた小春木家には大量の文書や書物が残されていたが、江戸時代の広い屋敷ならともかく、今の家では保存できる量に限界がある。そこで聡が若い頃、聡の父親が屋敷の補強工事をするついでに大半の書物を処分したのだが、その念が女性の形で化けて出てしまったのだという。

「未希子さんは、特定の資料ではなく不特定数多の本の化身だったわけです」

「つまり、かの文車妖妃（ふぐるまようひ）のような妖怪だった……？」

「ああ、鳥山石燕（とりやませきえん）が描いた恋文の化身ですか。同類ではありますが、どちらかと言うと、

『日本霊異記』や『宝物集』に記録のある、経典の化身に近い存在でしょうね。いずれも文書が人の形に変じ、縁のある人間を助けてくれるという怪異です。ほら、『妖は人に由りて興る』——妖怪は人の心より生まれる、という考え方があるでしょう。文章や本というのは人の思いの結晶ですから、書物から妖怪が生じることは不思議ではないわけです」

　時雨の問いにすらすら答える聡である。お詳しいんですねと亜香里が感心すると、聡は照れくさそうに微笑した。

「全部、妻から学んだことですよ。書物の化身だけあって、何を聞いても答えてくれる、実に博識な女性でした。彼女に最初に出会ったのは、今からもう二十年近くも昔の、月が綺麗な秋の夜のことです。小春木家の血筋なんでしょうね、私も本の虫でしたから、それはもう話が合いまして……。彼女の正体を知るのにさほど時間はかかりませんでしたが、そもそも人間ではないことは最初から薄々気付いていましたし、素性を知っても別に驚きはしませんでした」

「……それ、分かる気がします」

　ぽつりと相槌を打ったのは汀一だ。妖怪である亜香里に惚れており、時雨と友人である身としては、好きになったり仲良くなったりしてしまえば、相手が人間だろうが何だろうが関係ないというのは実感できる。聡はさらに言葉を重ねる。

「妖怪を退治していた家系のくせに、と思われるかもしれませんが、先祖は先祖で私は私ですからね。ありがたいことに向こうも私を好いてくれまして……かくして祐が生まれたというわけです。隠していてすまなかったね、祐」

「は、話は分かったけれど……でも、母さんがあの日、ぼくの目の前で消えたのは一体」

父親の穏やかな謝罪を受け、ようやく祐が口を開く。息子にまっすぐ見つめられ、かつて書物の精を娶(めと)った男がうなずく。

「祐の見た光景は真実だ。未希子さんは早くから私に言っていた。妖怪の中には、この世界に顕現できる時間が限られているものもいて、自分もその一人だ、と」

「顕現時間の限界……？　そうか！　既に処分された書物の精霊ということは、本体がないわけだから」

「お分かりのようですね。そうです。彼女の存在は、最初から極めて危ういものでした。『実体を失った精霊は実存を補充できない』というようなことを言っていましたね。未希子さんは、この世と家族への思いでもって自身を保っていましたが、どうしたって遅かれ早かれ限界は来ます。それが……」

「ぼくが、母さんが消えるのを見てしまった……あの日……」

聡の言葉を受けた祐が噛み締めるように言葉を発する。祐の母親が不思議な消え方をしたのは事実だが、それは決して危険な妖怪に消されたわけではなかったのだ。そのことを理解した汀一の胸がぐっと痛んだ。

「奥さんがいきなり消えてしまって……悲しくなかったんですか？」

「無論、悲しかったです。喪失感というのはこういうものかと私は実感し、息子に隠れて泣きました。……ただ、彼女の消滅で受けた悲しみより、彼女との生活で得た幸せの方が遥かに大きかったですからね。耐えることはできました」

　だから幸せだったたと思っています、と祐の父はうなずき、それを聞いた祐は目尻の涙を拭った。「そうか」と時雨が抑えた声を発する。

「対象を解析し文章へ還元してしまうあの力……。それに、ペン先から撥ねたインクの感知も、文書の精から受け継いだものだということか」

「あれ。でも小春木先輩は、誰かの声に、お母さんの万年筆を使って妖怪退治しろって促されたわけだよね。その声ってなんなの？」

「そこまでは分からない。小春木家の祖先の霊か、小春木家に恨みのある霊か、あるいは別の書物の精霊か……。ともあれ、これはお返ししておきます」

　亜香里の疑問に軽く首を傾げた後、時雨はポケットに挿していた万年筆を手に取った。

「もう僕たちを敵視することはないと思いますから」と付け足しながら差し出された母の遺品に、祐ははっと息を呑み、眼鏡の奥の両目に再度涙を滲ませた。

「ありがとう……！　それに――本当に……本当に、申し訳ありませんでした……！　向井崎くんにも、濡神くんにも、そして葛城汀一くんにも、ひどい迷惑を掛けてしまって……！　無害な、いやそれどころか善良で尊敬すべき妖怪がいることをぼくは知らなかったし、知ろうともしませんでした……。こんなことでは母に合わせる顔がない……！」

　まだ動揺が抑えきれていないのだろう、座卓に擦り付けんばかりに勢いよく頭を下げ、祐が謝罪の言葉を重ねる。まあ迷惑だったのは事実だが、事情が事情だし、そこまで謝られるとやりづらい。蔵借堂の三人はちらちらと横目で視線を交わし、ややあって、一同を代表するように時雨がおずおず口を開いた。

「大丈夫です。もう分かりましたから。今後みだりに妖怪を襲ったりしないと約束していただければ、それで充分です」

「それはもう約束します。封じた妖怪たちも解放します……！」

「え、先輩、そんなことできるんですか？」

「最初に試しました。念じながら手帳の記述を線で消せば戻るのです」

「そうなんだ。なら、あの縛る紐は返してもらう？」

「雪降り婆の紐か……。そうだな。それ以外にも、見境なく人を襲うような妖怪以外は解放していただけるとありがたいです」

「承知しました。そういうことなら、大野庄用水に出たあの水熊は」

「あいつはいい！　出さないで、絶対！」

昨夜食べられかけたことを思い出した汀一が慌てて首を横に振る。そのオーバーなリアクションが面白かったのだろう、祐は今夜初めて微笑んだが、すぐに深刻な顔に戻ってしまった。

「しかし、本当に申し訳ないことをしてしまって……。一体どう埋め合わせをすればいいでしょうか」

「埋め合わせ？　いや、別にいいって、そんなの。ねえ」

「ああ」

「うん」

「ほら、時雨と亜香里もこう言ってるし。おれだって」

「しかし、何もしないまま許されるというのでは、あまりに申し訳が立ちません」

あっけらかんと告げる汀一に祐が辛そうな顔で切り返す。その生真面目さに汀一と時雨が顔を見合わせると、亜香里は「こういう人だから」と言いたげに無言で苦笑した。それはよく分かったが、このまま謝らせ続けるのもすっきりしない。汀一は少し考え、「そうだ」と口を開いた。

「あのさ。じゃあ、レポート手伝ってもらえる……じゃない、手伝ってもらえます？」

「レポート……？」

「はい。泉鏡花の作品を二作以上読んで書けってやつ。詳しいんですよね小春木さん」

「それならわけもないですが……しかし、そんなことでいいのですか？　それに、どうしていきなり敬語に」

「だってそっちが学年は上ですし、これからはその方がいいかなって」

ため口で呼び捨てにしてしまってすみません。そう言い足した汀一が頭を掻くと、祐は呆気に取られたのか、ぽかんと目を丸くしていたが、程なくして嬉しそうな笑みを浮かべ、首をまっすぐ縦に振った。大人びた顔立ちの祐だが、笑うと年相応に見えることを汀一は知った。腕を組んだ時雨が言う。

「一件落着だな。しかしレポートは独力でやるべきだと僕は思うが」

「厳しいししつこい！　追い回されてて時間取れなかったんだからそれくらいいいだろ」

「それはそれ、これはこれだ」

時雨の苦言に汀一が小声で言い返し、さらに時雨が反論する。その軽いノリのやり取りを前に、黙って成り行きを見守っていた聡が感服したように微笑んだ。

「葛城汀一くん、と言いましたか。君は……なんと言うか、心の広い、いいやつですね」

「え。そ、そうですか？」

「でしょう。汀一はいいやつなんです。すごく」

意外な評価に汀一が戸惑うのと、亜香里が胸を張るのは同時だった。

その誇らしげな横顔、そして「ね」と念を押すように自分に向けられた晴れやかな笑みを見られただけで、ここ二日の苦労が吹き飛んで充分お釣りがくると汀一は思った。


かくしてこの一件は円満解決したかに見えたのだが、その後、汀一は自分の提案を後悔する羽目になった。

理由は二つ。まず一つ、レポートの補佐を引き受けた祐の指導……と言うより講義は思いのほか詳細で長く、これなら独力でやった方が早かったと思えたこと。

そしてもう一つ、レポートの補佐のために蔵借堂に通っているうちに、祐が瀬戸や蒼十郎とも顔なじみになり、ちょくちょく顔を見せるようになってしまったことである。

瀬戸たちは小春木家の名前を元々知っていたようで、その末裔たる祐に妖怪の血が混じっていると聞いて驚いたが、双方の人柄のせいもあり、あっという間に馴染んでしまった。瀬戸曰く「着物姿のシュッとした眼鏡の男の子が本読んでるのって、いいディスプレイになるんだよね。いかにも『古都!』って感じでさ」とのことである。

来たところで何をするわけでもなく、ただ「つくも」の隅の席で本を読んでいるだけなのだが、もともと亜香里に尊敬されていた男子が亜香里と同じ空間に長居していると思うと、汀一は気が気ではなくなるのであった。

「小春木さん、今日もまた来てるっぽいんだけど……。ねえ時雨、あの人、亜香里とどうにかなってないよね? 大丈夫だよね?」

「どうにかってなんだ。みっともないから壁に張り付いて聞き耳を立てるのは止めろ」

利苅の優婆夷は、河内国の人なりき。（中略）聖武天皇の御代に、是の優婆夷、夜寝ね、病まずして卒爾にして死に、閻羅王の所に到る。（中略）王宮より出づれば、門に三人有りて、黄の衣を著たり。優婆夷に値ひて歓喜して曰はく、「（中略）往け。速に還れ。我今日より三日経て、諾楽の京の東の市の中に必ず逢はむ」といふ。別れ還りて纔見れば、更甦りたるなりけり。三日の朝に至り、猶し故に京の東の市に往かむと欲ひ、往きて市の中に居て、終日待つに、待つ人来らず。但賤しき人、市の東の門より、市の中に入りて経を売る。（中略）是に乃ち知る、逢はむと期りし三人は、今即ち是の経の三巻なりけり。

（「日本霊異記」より）

第三話　化物屋敷の夜

カニが市場に出回り始め、少し肌寒くなってきた十一月初め、ある火曜日の日暮れ時。

　例によって客のいない蔵借堂の店内で、汀一は陳列してある商品を一つずつ拭いていた。開け放たれた格子戸の外では、しとしとと霧のような雨が降っている。少し前までは、奥の工房から蒼十郎が作業する音が聞こえていたが、それも先ほど止んでしまい、汀一が商品を動かす音と、時雨が箒で床を掃く音だけが店の中に響いていた。

　リズミカルで無機質な音は、完全な静寂よりもむしろ強く眠気を誘う。拭き終えたゼンマイ式目覚まし時計を棚に戻し、汀一は目元を軽く擦った。

「ふあああ……。ねむ」

「仕事中だぞ」

同僚のだらけた態度に、店の入り口近くを掃いていた時雨が呆れ顔を向ける。その苦言に汀一が「こう暇だと眠くもなるよ」と肩をすくめていると、工房に通じる障子戸が開き、見慣れない男性が顔をぬっと覗かせた。

「やあやあ、お疲れさん」

　気さくに呼びかけながら現れたのは五十がらみの太った男性だった。ずんぐりした体にブラウンのジャケットを羽織り、大きな口が目立つ顔に愛嬌のある笑みを浮かべている。

「お疲れ様です」

　掃除の手を止めた時雨が礼儀正しく挨拶を返す。顔なじみらしいなと思いつつ汀一は「どうも、お疲れ様です」と応じ、「え？」と奥の障子戸に目をやった。

　二十分ほど前に用事で工房に入った時は、店の奥には蒼十郎一人しかいなかったし、それからは誰も来ていない。裏口か勝手口から入ってきたのだろうかと首を傾げていると、その様子に気付いた時雨が問いかけた。

「何を不審な顔をしている？」

「だって、工房には北四方木さんしかいなかったはずなのに……」

「いやいや。俺もおったがな」

　壁際に置かれていた靴を履きながら男が苦笑する。はい？　意味が分からず再度首を捻ると、男はよっこらせと立ち上がり、汀一を見た。

「君、さっき工房に入ってきたやろ？　あの時、北四方木の兄さんが古い蓑（みの）を直してはったやろ？　あの蓑が俺や」

「……え。蓑が……？」

「そないびっくりすることでもあらへんやろ。古い器物は妖怪になることもあるし、妖怪になったら人にも化けられる。この店に出入りするもんはみんな知っとることやがな」

「それは知ってますけど――ってことは、蓑の妖怪さんですか」

「せや。俺は蓑鼢（みのむぐら）。『百鬼夜講化物語（ひやつきやこうばけものがたり）』ちゅう江戸時代の本に記録のある妖怪で、『山海（せんがい）

書かれとる」

経』ちゅう中国古代の地理書に載ってる連中の余り物やとか、両国で見世物になったとか

「へえ……。そういう妖怪もいるんですね」

「その言い方は失礼だぞ汀一。すみません」

「かまへんかまへん。マイナー妖怪なのは先刻承知や。『お化けは死なない』とは言うものの、俺らみたいのは本性が古道具やさかい、どうしてもガタが来るやろ？　せやさかい、たまにこうしてメンテしてもらうねん。人間にしたら整体みたいなもんやな」

「ここ、そういう仕事もやってたんですね」

汀一が間抜けな顔で感心し、その他人事のような返事に時雨が赤面する。気持ちよさそうに首と肩を鳴らしていた蓑鰐は「知らんかったんかいな」と笑った後、ふと、悼むような視線を店内に向けた。

「しかし、古道具がぎょうさん並んどるなあ」

「え？　まあ、古道具屋ですから……。それが何か」

「うん。俺は運良く化けられたけども、そうなれるのは一握りの運がええやつだけやろ。普通の道具は、用を終えたら処分されるか忘れられるか……。そういうもんやと分かってはいても、慣れるもんでもあらへん」

「……分かります」

「おおきに時雨くん。雨具同士、通じ合うもんがあるなあ。まあ、せやからな、俺みたい

な妖怪としては、こういう店があるだけでありがたいんやわ。作られたものが、ちゃんと思いを遂げさせてもらえてるみたいでな。……ほな、これからも大事にしたってな」

　少年二人に感慨深い言葉を残し、蓑吩は「お邪魔しました、おおきに」と折り畳み傘を広げて店を後にした。雨の降る中を遠ざかっていく大きな背中を見送った後、汀一は聞いたばかりの言葉を噛み締めるように回想し、改めて店内を見回した。

＊　＊　＊

　その数日後の金曜日のこと。いつものように登校した汀一が自分の席に腰を下ろすと、前の席に座っていたクラスメートがいきなり椅子ごと振り返り、机に身を乗り出した。

「おはよう葛城くん！　今ちょっといい？」

「はい？　いや、いいけど……どうしたの、鈴森さん？」

　困惑した顔の汀一が、前の席の鈴森美也を見返して問う。ショートカットで細身で気さく、身のこなしや他人との距離感も含めて人懐っこい猫のようなこのクラスメートは、汀一にとっては転校初日に話しかけてきてくれた級友であり、また、夏の縊鬼の一件の際には事情が分からないまま自転車を貸してくれた大恩人でもあった。

　あの件についても「おれも何がなんだかよく分かんないし、記憶もおぼろげなんだけど、そういうことも起こるんじゃない？　古い街って伝承とか怪談とか多いし。だよね時雨」

「そういうこともあるかもしれない」「ほら、時雨もそう言ってるし。後、自転車ありがとう」という適当かつ強引な説明でどうにか収めたはずだったが、疑念が再燃したのだろうか。不安を募らせる汀一の前で、いつになく真剣な顔の美也は「実は」と口を開こうとしたが、ぞろぞろと登校してくる同級生たちを見回し、形良く整った眉を寄せた。

「いや今は良くないか。良くないよね、聞かれちゃうし」

「よね、と言われても、何の話かさっぱりなんだけど……」

「相談したいことがあるの。こんなこと葛城くんにしか聞けなくて」

「え。お、おれに？」

「うん。明日空いてる？」

「明日なら全然空いてるけど……。おれに？」

　汀一の人生経験上、女子に立ち入った相談を持ち掛けられたことなどそうそうなく、どうしても不審な声になってしまう。汀一が露骨に訝ると、美也は「くどい」と言い返した。

「じゃ、明日の朝九時半にヤカンで」

「ヤカン？　ああ、了解」

　ここで言うヤカンとは、金沢駅前にある、巨大なヤカンが地中に埋まったオブジェのことだ。市内では定番の待ち合わせスポットの一つである。

「いいけどさ、なんでわざわざ明日に駅？　今日の放課後じゃ駄目なの」

「帰宅部の君と違ってあたしは部活があるんじゃい」

　そう言って美也は剣を振り下ろすポーズをしてみせた。そっか、と納得した直後、汀一は「あれ」と眉根を寄せた。

「鈴森さん剣道部だっけ。弓道部じゃなかった？」

「よく覚えてるね、偉い偉い」

「じゃあ今のはなんだよ」

「じゃ、明日よろしく。そうそう、濡神くんも連れてきてねー」

　用は済んだと言わんばかりに美也がぐるんと前を向く。その勢いに釣られて汀一は「分かった」とうなずき、再び眉根を寄せた。

「てか、それをなんでおれに言うわけ」

「だって二人はいつでもセットじゃん」

　肩越しに振り返った美也が当たり前のようにけろりと告げる。いや、そんなことはないんだけれど。汀一は真顔で反論しようとしたが、校内でも放課後も大体二人一緒に行動していることは事実なので、そのまま黙った。

＊　＊　＊

　そして翌朝。金沢駅の駅ビルとバスターミナルの間に設置されているオブジェ、通称「ヤカン」の近くで、汀一は美也を待っていた。

金のヤカンの直径は三メートルほど。大部分は土中に埋まっており、蓋と取っ手と注ぎ口、側面の一部だけが地上に突き出しているという趣向である。休日の駅前、しかも久々の晴天とあって、待ち合わせたり行き交ったりする人の数も当然多い。待ち人を見逃さないようにあたりを見回していると、すぐ傍から抑えた声が響いた。

「そわそわしすぎだ。少し落ち着け」

「そんなにそわそわしてる、おれ？」

「している」

きっぱりと断言したのは時雨である。紺色の詰襟シャツに黒のパンツといういつものような出で立ちで、赤黒い洋傘を片手に提げている。一方の汀一は、明るい色のパーカーにロールアップジーンズ姿。あくまで普段着ですよ、自分は決して女子との待ち合わせに浮ついていたりはしませんよ……という言い訳が立つ範囲内で着飾ってきた感のある友人を、時雨は冷ややかに眺め、円形のバスターミナルを見回した。

「しかし、僕らに一体なんの相談があるんだろうな。汀一はともかく、僕は彼女とそれほど親しいわけでもないのに。心当たりはないのか？」

「あったら言ってるよ」

時雨の言葉に苦笑を返し、汀一は駅前にそびえる鼓門（つづみもん）に目をやった。駅前広場の象徴である木組みの巨大な門は、時雨が一人になりたい時のお気に入りのスポットだ。汀一と知り合ってからは時雨がここに来る回数も減ったらしいが、それでも汀一はここに来るとどうしても時雨の心情に思いを馳せてしまうし、夏の一件をも思い出してしまう。

「時雨の正体がばれたわけじゃないだろうけど……。なんにせよ、おれたちで役に立つことならどうにかしてあげたいよね」

「君らしいコメントだな」

「馬鹿にしてます？」

「逆だ」

「それはどうも。重たい話じゃないといいよね」

「同感だな」

とかなんとか、そんな会話を交わしながら二人で駅前のロータリーや広場を眺めていると、背後から「あれあれ？」と聞き知った声が投げかけられた。

「濡神くんに葛城くん？　どうしたのこんなところで二人揃って。デート？」

振り返った先で美也が親しげににやつく。ゆったりしたカットソーにデニムのオーバーオールという動きやすそうな服装の美也を前に、時雨は肩をすくめて呆れてみせた。

「どうしたのも何も、呼び出したのは君だろう」

「分かってるって。来てくれてありがとう。葛城くんもわざわざありがとね」

「どういたしまして」

笑顔に笑顔で応じつつ、汀一は内心で安堵した。美也のあっけらかんとした言動を見る限り、相談内容はそう重たいものではなさそうだ。

「てか鈴森さん、今どこから来たの？」

「駅の中。あたしの家、駅向こうの海の方だから」

美也はそう言って駅ビルを指さし、鈴森家の大まかな位置を教えてくれた。地元民の時雨はともかく、土地勘がおぼろげな汀一には漠然としか分からなかったが、「ひょうたんみたいな形の大きい本屋の近く」という説明で大体の位置は摑めた。その本屋なら、時雨と一緒に海を見に行った時などに入ったことがある。

「で、相談ってことだったけど」

「うん……って、ここで話すのもなんだし、どこか入ろうよ。お昼って時間でもないし、適当に近くのカフェとかで」

「それは構わないが、どこに――」

「はい！」

美也の提案に時雨が応じたその直後、汀一は勢いよく手を挙げていた。いきなりの挙手に驚く友人二人を前に、汀一は「そういうことなら行きたい店があるんだ」と訴えた。

「今、近くのカフェで秋の味覚フェアやってるんだよ。そこの金時ケーキが美味しいらしくってさ、せっかくだからそこでどう？」

「どうって言われても、あたしはどこでもいいんだけど。てか急にどうしたの？　いや、スイーツ好きなのは知ってますよ？　だとしても」

「ああいうお店って男子だけだと入りづらいんだよ。こんな機会でもないと行けないから

――いや待った。確かモンブランのパイも限定なんだよな、そっちの方が……」

　大仰な「待った」のジェスチャーで二人を制した上で、汀一はスマホを取り出した。

「他にも秋限定商品出してるお店があったはず」「この際少し足を延ばして……せせらぎ通りは流石に遠いし」「和風の甘味という手も」などとつぶやきながら一心にブックマークを辿り始める汀一の姿に、美也と時雨は呆気にとられ、どちらからともなく横目を向け合って小声を発した。

「……葛城くん可愛いね」

「だろう」


　その後、十五分に及ぶ長考を経て汀一が選んだのは、駅前の商業ビル内にあるパンケーキの専門店だった。

　店内の喫茶スペースに陣取った三人は、「あー、限定パンケーキだけで三つもあるのか！　ねえねえ、別々のを頼んで分け合わない？」「葛城くんは何？　女子なの？」「僕は朝から甘いものはちょっと。紅茶だけでいい」「お前なあ。食べないと大きくなれないぞ」「僕は君より背が高いが？」「じゃあいいよ。おれ二皿頼むから」「よく入るな」「甘いものは別腹だもん」「女子なの？」といったやりとりを交わしながら秋の味覚を堪能し、皿が下げられたところで美也がようやく本題を切り出した。

「あのさ。濡神くんの家って古道具屋だよね。で、葛城くんはそこでバイトしてる」

「そうだが」

「そうだけど」

「だよね。だったらさー、古い家を取り壊すとしたら、そこにある道具の査定ってしてもらえたりする？　どれを買い取ってほしいってわけじゃなくて、建物の中を一通り……と言うか、建物丸ごと査定してもらうのってできるかな」

　話す時に身を乗り出す癖があるのだろう、腰を浮かせ、顔をテーブルの向かいの席の二人に近づけながら、美也が神妙な顔で問いかける。並んで座る汀一と時雨は顔を見交わし、同時に首を縦に振った。時雨が持っていた紅茶のカップを置き、口を開く。

「『建物丸ごと』というのがよく分からないが……買取を前提とした査定であれば可能だ。しかし、どうしてそれをうちにわざわざ？」

「あー。それ聞く？　……ほら、二人はそういうことに詳しそうだし」

「そういうことって」

「不思議なこと。怪しいこと。信じられないこと」

　汀一の質問に美也はぽんぽんと三つの答を並べ、さらに身を乗り出して「七月のあれ、あたし忘れてないからね」と付け足した。

「あの時何があったのかあたしは分かってないけどさ、葛城くんたちが何か知ってて隠してるってことは、さすがに気付いてるからね？　二人がそういうことに割と慣れてるらしいってことも」

「え？　それは――あ、いや、そ、そんなことはないよ？　ねえ時雨」

「……すまない。僕から説明することはできない、としか言えないんだ。級友であり恩人である相手に対して不誠実な態度だと理解してはいるが、分かってほしい」

露骨に狼狽する汀一の隣で時雨が静かに切り返す。時雨は前髪の下に隠れた双眸を美也に向け、ひとまずの理解が得られたことを確かめた上で、落ち着いた口調で続けた。

「しかし、どうして今になってそんなことを持ち出す？　査定をしてほしいというその建物で何かが起きたのか？　不思議で怪しくて信じられないようなことが」

「……当たり。鋭いね、濡神くん」

ソファに座り直した美也が感心する。そうなの、と汀一が問いかけると、美也はバッグから取り出したスマホを二人に見えるように掲げた。

液晶画面に映っているのは、古びた大きな一軒家だった。細い横板が何枚も張られた壁は完全に退色しており、格子の嵌まった落とし窓のガラスはところどころが割れている。玄関に掛けられた「貸家／売家」の看板は色あせている上に三分の一が欠けていて、しばらく前から人が住んでいないことが明らかだ。その家の奥には、二階建てのアパートのような横に長い建物が見切れていたが、こちらも同様に空家らしかった。

「これは……？」

「寺町（てらまち）にあるひいお祖父ちゃんの家」

「ごめん。寺町ってどのへんだっけ」

「犀川を渡った先の山側のあたりだ。その名の通り寺院が多い」

「確か、金沢の名前の由来になった昔話に出てくるお寺もあるんだよね」

汀一の疑問にすかさず時雨が答え、美也が蘊蓄を補足する。「昔話？」と汀一がさらに問うと、美也は意外そうに目を瞬いた。

「そっか。葛城くん転校生だから習ってないんだ。『芋掘り藤五郎』って話でね、昔むかし、まだ金沢の街がなかった頃、山芋を掘って暮らしてた藤五郎って貧しい男がいたわけ。そこに大金持ちのお姫様が観音様のお告げがあったからって嫁入りしてくる」

「ふんふん」

「お姫様はお金持ちだから小判をいっぱい持ってくるんだけど、藤五郎はその価値を知らなくて、水鳥に投げつけて捨てちゃうんだよね。お姫様が怒ると、藤五郎はこんなものいくらでもあるぞって言って山芋を洗ってる沢に案内する。すると！」

「その沢には砂金がどっさり溜まっていたわけだ。妻から金の価値を教わった藤五郎は金持ちになって観音像をお寺に納め、金のある沢、金沢という名がこの地に付けられた——という話だ。いわゆる炭焼長者型の昔話の一つだな」

「ああ。だから『金沢』なんだ。『いわゆる』ってことは他にもあるわけ？」

「無知な地元の男が、身近に転がっているものの価値を博識な妻に教えられて成功するというこの流れの話は、沖縄から青森までほぼ日本全土に伝わっている。たとえば山形の宝沢には、地名由来譚として金沢とほぼ同じ形の話が残っていたはずだ」

「沢に宝があったから宝沢ってことか」

「そうだ。同じパターンの話は中国や朝鮮半島にもあったはずだ。大陸から日本に伝わったものが広く根付いたんだろうな」

「へー。葛城くん知ってた？」

「初めて聞いた。と言うか鈴森さんこそ知らなかったの？」

「だってそこまで習わなかったし。濡神くん詳しいんだねえ」

　感心した美也が斜め前の席の時雨を凝視する。尊敬のまなざしを向けられた時雨は、色白の頬を薄赤く染めて目を逸らし、「話を逸らしてしまったな」と小声を漏らした。照れなくてもいいのに。シャイな友人に苦笑し、汀一は美也の液晶に向き直った。

「ともかくこの家は寺町にあって、鈴森さんのひいお祖父さんが住んでた、と。そんな歴史のありそうなところに代々住んでたなんて凄いね」

「いや凄くないよ？　代々じゃないし」

　汀一の言葉をあっさり否定した上で、美也は改めてこの家と鈴森家のかかわりを語った。

　この住所にいつから人が住んでいたのか詳しいことは分からないが、明治時代には既に空家で、ずっと売りに出ていたそれを美也の曽祖父が買ったのだという。終戦から数年後のことである。空家を買い取った美也の曽祖父は、結婚したばかりの妻とともに屋敷を全面的に改築し、下宿屋を始めた。

　この「下宿屋」というのが汀一にはピンと来なかったのだが、地方出身の学生や季節労働者に寝泊まりする部屋を賃貸しし、風呂やトイレは共同、食事は出すという、アパートと旅館が一体になったような仕組みらしい。

　金沢は学生の多い街であることを見越して始めた商売だったが、学生向けのアパートが一般化するようになると下宿屋に入る学生も減ってくる。そこで曽祖父は下宿屋を畳み、妻と十歳だった息子を――つまり美也の祖父を連れ、開発の始まったばかりだった海側の宅地に家を買って引っ越した。これが今から六十年前のことである。

　それ以来、かつて下宿屋だった建物はずっと空家のまま放置されており、最近ようやく近隣の寺院が「駐車場に使いたいので、上物を解体した上で土地を売ってくれないか」と持ち掛けてきた。鈴森家としては正直持てあましていた物件なわけで、断る理由は何もない。というわけで、美也の祖父母や両親は早速家を取り壊そうとしたのだが……。

「解体業者さんが調査に入った頃から、変な声がするようになったらしいんだよね」

「……声？」

「うん。深夜に急に笑い声がしたり、怒鳴り声が聞こえたり、それに変な音も……。あたしは実際に聞いてないけど、あの家の近所の人が言うには、ほんとにいきなり大きな声がするんだって。最初は、こんな時間に非常識だと思って文句を言いに行ったんだけど、電気も点いてないし鍵もかかったままって気付いて、怖くなって帰ってきたって」

　そこまでを語ると美也はぞっと体を震わせた。なるほど、と興味深げに相槌を打ったのは時雨である。

「問題の建物……便宜上『旧鈴森邸』と呼ばせてもらうが、その旧鈴森邸で妙な音や声がした際、音源を確かめるために中に入った人はいないのだろうか」

「いることはいるよ。解体頼んだ業者さんが言ってた。従業員に乱暴な人がいて、誰かが忍び込んでるんだろ、叩き出してやるって言って喧嘩腰で乗り込んでいったら、家に入るなり凄い力で撥ね飛ばされて、外に叩き出されたんだ……って。業者さんは『あの乱暴なのが少しはおとなしくなった』って苦笑いしてたけどさ、それは良かったねーって済ませる話でもないと思うわけですよ」

「確かに……。工事はどうなってるわけ？」

「業者さんも気味悪がっちゃって一時停止中。お祓いでも頼むしかないかなって話になってるんだけど、効くかどうか分かんないでしょ？　そこで」

「駄目元で僕ら、というわけか」

美也の言葉を時雨が受け、美也が「そんなところ」と頬を掻く。その苦り切った顔を前に、鈴森さんの選択は間違ってないよな、と汀一は思った。

無人の古屋で起こる怪事というのはいかにも妖怪絡みっぽいし、であれば蔵借堂は専門だ。もっとも単なるバイトである汀一には特に知識も対処法も備わっていないわけで、となれば時雨に頼るしかない。「どう思う？」と無責任に問うと、時雨は眉根を寄せた。

「まず確認したいんだが、旧鈴森邸でおかしなことが起こるのはこれが初めてなのだろうか？　ひいお祖父さんが住んでいた頃、何か怪しいことが起きたというような話は」

「あるんだよねー、これが」

「え。あるの？」

「あるんだよ。でもさ」

そこで一旦言葉を区切り、美也は「これがなおさら変な話なわけでねえ」と前置きした上で続けた。

「家を買って住んでた当人、ひいお祖父ちゃんもひいお祖母ちゃんも、あたしが幼稚園の頃に亡くなってるからもう話は聞けない。で、唯一その家のことを知ってるのがお祖父ちゃん。お祖父ちゃんはさ、十歳になるまで、濡神くんの言うところの旧鈴森邸に住んでて……そこで一度だけ、変な声を聞いたことがあるって言うのね」

「つまり、今も聞かれているような大声や笑い声などを」

「だったら話は早いんだけどさあ。お祖父ちゃんは『全然違う』って言うんだよ。自分が聞いたのは、物悲しくて恨めしそうな女の人の声だった、って」

「……全然違うね」

「そうなんだよねー。そもそもうちのお祖父ちゃん、適当な嘘ばっかり言ってるような人でさ。その女の人の声の話も、うちではもう定番のネタになってて、家族は誰も信じてないの。本人も、昔のことなのでよく覚えてないし、勘違いだった気もする、何せ俺は自他ともに認める嘘吐きだからなあ、とか言ってる始末で……。とまあ、そういうことなんだけど、どう？」

身を乗り出した美也が向かいの席の汀一を見つめる。いや、どうと言われても、どうなんだこれは。答に窮した汀一が隣を見る。時雨も困惑しているのだろう、眉根を寄せて黙っていたが、二人の視線の圧に負けたのか、ややあって「つまり」と声を発した。

「整理すると、こういうことだろうか……？　旧鈴森邸では、鈴森さんのお祖父さんが六十年以上前に一度だけ怪しい声を聞いているらしいが、その話の信憑性は極めて怪しく、また、それはそれとして、今まさに夜な夜な怪音が響くという怪事が起きているので、そちらをなんとかしてほしい――と？」

「そう！」

訝りながらの時雨の説明に美也がきっぱりと首を縦に振る。「まとめるの上手いねー」と感心する美也を前に、時雨と汀一は困った顔を見合わせた。

＊　＊　＊

「……と、そういう相談だったんです。その後、実際に寺町に行って、件の建物も見せてもらいました。鍵がなかったので外から見ただけですが」

美也から相談を受けた日の夕方、閉店後の和風カフェ「つくも」で、時雨は蒼十郎に今日のことを報告していた。円テーブルの向かいに座った蒼十郎は細かくうなずきながら時雨の話に耳を傾けており、その様子を隣のテーブルから亜香里と汀一が眺めている。

思ってなかった」

「じゃあ汀一も寺町まで行ってきたんだ」

「うん。ほんとにお寺ばっかりなんだね。あんな商店街みたいにずらっと並んでるとは

亜香里に問いかけられた汀一が素直な感想を口にする。エプロン姿の亜香里は「分かる」と笑顔で相槌を打った後、何かを思い出すようにふと視線を上げた。

「鈴森美也さんって、あの時に汀一に自転車貸してくれた子だよね？　髪が短くて、兼六園でバイトしてるっていう」

「そうそう。覚えてたんだ」

「そりゃね。あの後図書館で会ってちょっと話したし……。可愛い子だよね」

「え？　あ、う、うん、そうだよね……」

ついうなずいてしまったが、やはりここは「亜香里も可愛いよ！」と言うべきだったのだろうか。出してもらったジュースのグラスを握りながら汀一が苦悩し、急に難しい顔になった汀一に亜香里が「どうしたの？」と眉をひそめる。蒼十郎はそんなやりとりに少しだけ横目を向けた後、時雨に向き直った。

「話を聞く限り、妖怪か妖具が絡んでいるのは間違いなさそうだな。古屋ではよくある事例だが……。その屋敷の気配はどうだった」

「薄い妖気は感じられました。ただ、古い家、しかも寺社の多い地区ともなれば、あれくらいの気配はあってもおかしくないですし、実際に入って調べてみないとなんとも言えま

せん。古道具屋の買取査定という名目なら中に入ってもらって構わない、買い取りたいものがあれば持って行っていいから、とのことでしたから、今回も蒼十郎さんがいつもやっているように――」

「一人でやってみるか？」

　蒼十郎の短い問いかけが時雨の言葉をふいに遮った。「え？」と虚を衝かれたように目を瞬く時雨の前で、今日も作務衣姿の寡黙な妖具職人は腕を組み、彫りの深い顔を年若い同族へと向けた。

「実地で調べてみないと詳しいことが分からないとは言え、乱暴な対応さえしなければ、そう危険な相手でもなさそうだ。だったら任せてみてもいいかと思ってな。素人ならいざ知らず、時雨なら俺のやり方も知っているだろう」

「それは……ええ、知ってはいますけど……。でも、どうして僕一人で？　今までは、危ないからって止められていたのに」

「……少し前、瀬戸の大将と話したんだ」

　意外な顔で訝る時雨に蒼十郎が切り返す。時雨だけでなく隣のテーブルの汀一と亜香里の視線をも集めながら、蒼十郎は厨房の方をちらりと見やり、続けた。

「大人というものは……特に、俺たちのような長寿の妖怪は、つい若者をいつまでも子供扱いしてしまう。だが彼ら彼女らは日々成長しているんだから、そのことを忘れないようにしないと……とか、まあ、そういうようなことを大将が言ってな。だから――ともかく、そんなところだ」

自身の心情を丁寧に語るのはあまり得意ではないのだろう、蒼十郎はあっさり説明をまとめてしまう。だがそれでも時雨には充分伝わったようで、はっ、と大きく息を呑む声が店内に響いた。

「だから僕に……？」

「ああ。お前の級友から持ち込まれた相談なら丁度いいと思った。そもそも、妖具や妖気の扱いについては、ミンツチの俺よりも、傘の妖怪である時雨の方が向いている。無論、危険を感じたり、手に負えないと思ったらいつでも呼んでくれて構わない。どうだ」

「や――やります。任せてください……！」

蒼十郎の提案に勢い込んでうなずく時雨。目を輝かせて張り切る時雨の横顔を、汀一と亜香里が微笑ましげに、そして眩しげに眺めていた。

＊　＊　＊

翌週の金曜の夕方、時雨は旧鈴森邸の玄関先に立っていた。肩に掛けた大きなショルダーバッグには、寝袋や着替え、バッテリー式の作業灯などが詰め込まれている。手にした傘を玄関の柱にもたれかけさせた時雨は、夜な夜な怪しい音を響かせるという空家を改めて眺めた上で、美也から借りた鍵を取り出し、意を決するようにうなずいた。

「――よし、行くぞ。準備はいいか汀一」

「準備も何も、おれ早く荷物置きたいんだけど」

　時雨とは対照的な冷めた声で応じたのは、隣に立っていた汀一である。時雨同様に私服なのは、学校が終わった後に一旦帰って着替えてきたからだ。パンパンに膨らんだリュックを担ぎ直し、汀一は傍らの友人を見上げた。

「てか、一人でやってみるんじゃなかったの？　なんでおれまで」

「いいか。ことが起きるのは夜中だから、現象の詳細や原因を確かめようと思ったら泊まり込む必要がある。対応を間違えなければ無害な怪異らしいとは言え、そんな場所で単身で一夜を明かすのは得策ではない。無論、調査と対処には僕が一人で当たるつもりだが、念には念を」

「要するに一人だと心細いってことだよね？」

「……そうやけど」

　汀一の端的な指摘を受け、頰を薄赤く染めた時雨が金沢弁でぼそりと応じる。素直でよろしいと汀一は笑った。

「でも、だったらおれでいいの？　自分で言うのもなんだけどさ、おれ、相当役に立たないよ。小春木さんとかの方が全然頼れると思うんだけど」

「確かに彼は博識だし怪異への対応力もあるが、彼を呼ぶとさすがに『僕が一人で対応する』とは言えなくなってしまう。それに君は自分が思っているほど役立たずではない」

「そう言ってくれるのは嬉しいけどね」

どうだかなあと苦笑しつつも、汀一はなんだかんだでテンションが上がっている自分に気が付いていた。考えてみれば、金沢に越してきてしばらく経つが、友人と二人でどこかに泊まるのは初めてなわけで、であれば浮つくのも当然だ。

「これがお化け屋敷の実態調査じゃなければもっと良かったんだけどなあ。欲を言うなら亜香里も来てほしかったし……。亜香里、何か言ってた？」

「頑張ってねーとのことだ」

「ほんとに？　おれ頑張っちゃうよと伝えておいて」

「自分で言え」

分かりやすく張り切る汀一に冷ややかに告げ、時雨は錆の浮いた細長い鍵を前方後円墳型の鍵穴へと差し込んだ。右へ回して開錠し、軋む格子戸を引き開ける。

「お邪魔します」

「お邪魔しまーす……と。あれ。もっと埃っぽいかと思ったけどそんなことないね」

「解体業者が何度か出入りしているらしいからな。換気はされているんだろう」

そんな会話を交わしつつ、二人は揃って旧鈴森邸に足を踏み入れた。

薄暗いコンクリート敷きの三和土には番号付きの大きな靴箱が設けられ、ここが下宿屋だったことを偲ばせる。三和土はそのまま台所付きの土間に直結しており、さらに奥には渡り廊下。今いる母屋が鈴森一家の生活空間だったスペースで、渡り廊下を越えると下宿棟に繋がる、ということは時雨も汀一も美也からすでに聞いている。

　二人はひとまず玄関近くの和室、鈴森一家にとっての居間であっただろう部屋に荷物を下ろし、建物の中を見て回ることにした。まだ外は明るいが、窓はいずれも摺りガラス入りの格子窓、しかもサイズが小さいおかげで、建物の中はかなり暗い。ハンディライトと傘を手にした時雨が先を行き、汀一がその斜め後ろに続く。

「時雨、なんで家の中で傘持ってるの？　雨漏り対策？　晴れてるよ今日」

「いざという時のためだ。妖具化した古道具が飛び掛かってこないとも限らないからな」

「……な、なるほど」

　軽く震えた汀一が時雨の後ろにそっと隠れ、それを見た時雨が軽く嘆息した。その並びのまま二人は屋内を一通り見回り、やがて元の和室に戻ってきた。

　生活感のある母屋（おもや）、窓と押し入れだけの四畳半が並ぶ下宿棟、それに簡素な屋根を担いだ渡り廊下や、そこから見える小さな中庭……。どこにも特に変わった様子はなく、「普通だし、意外と新しいね」というのが汀一の率直な感想であった。

　数十年放置されている古屋ということで、電化製品もプラスチックも見当たらない純正日本家屋のようなものを汀一は想像していたのだが、給湯器や洗濯機はあるし、ドアノブは金属で浴室はタイル張り、天井からは蛍光灯の笠が下がっている。いずれも古いは古いのだが、それはあくまでちょっと昔の映画やドラマで見るような古さであって、建物全体の風格にしても、調度品や家具にしても、先日お邪魔した祐の自宅の方がよっぽど歴史を感じられた。畳の上に足を伸ばした汀一がそう言うと、時雨は当たり前だと即答した。

「古屋とは言え、鈴森さんのお祖父さんが六十年前まで住んでいた家なんだぞ。今の形に改築されたのも戦後になってからという話だし、様式が近代的なのは当然だ」

「そりゃそうか。で、ぐるっと回ってみてどうだった？　おれにはただの古い家なんだけど、あからさまに怪しいものとかあった？」

「あったら言っている。先日外から眺めた時と同じで、うっすらと妖気がわだかまっているのは分かるが……それだけだ。やはり夜を待つしかないようだな」

そう言って時雨はショルダーバッグからバッテリー式の作業灯を取り出して畳の上に置いた。了解、と汀一がうなずいて立ち上がる。

「じゃあさ、とりあえず今のうちにご飯行こうよ。あ、その前に銭湯の方がいいかな？　近くにあるの調べておいたから」

「あのな。僕らは行楽に来たんじゃないんだぞ。と言うか、今気付いたんだが、食事も風呂も家で済ませてくれれば良かったのでは？」

「いいだろ別に。せっかくなんだから。こういうのはノリと気分が大事なんだよ」

ほらほら、と汀一が促すと、時雨は聞こえよがしに溜息を落とし、仕方ないと言いたげに腰を上げた。

その後二人は近くの中華料理屋で夕食を取り、銭湯をじっくり堪能した上で、コンビニで夜食や飲み物を買い、旧鈴森邸への帰路へと就いた。

夜の寺町を軽やかに歩きながら「旅行みたいだね」とはしゃぐ汀一に時雨は冷ややかな目を向けていたが、そういう時雨も明らかに普段よりよく食べ、よく喋っていることを汀一は見逃してはいなかった。そんな浮ついた行楽気分のまま二人は旧鈴森邸に戻ったのだが——あいにく、楽しい時間は、そう長くも続かないのであった。


部屋の隅に置かれた円筒形の作業灯があたりに白い光を投げかけ、二人の影を長く長く引き伸ばしている。時雨が蔵借堂の工房から持ってきた作業灯は、光量としては充分なのだが、灯りは上にないと落ち着かないということを汀一は悟りつつあった。光源が低い位置にあると眩しいし、人の顔は下から照らされるから不気味に見えるし、動くたびに長い影がうねうね動いて気味が悪い。

夜は更け、既に日付は変わっているが、今のところ怪しい音は聞こえない。二つ並べて敷いた寝袋の傍らで、卓袱台(ちゃぶだい)を挟んで時雨と向き合っていた汀一は、眉をひそめて部屋の四方を見回した。

「ずっと焦らされるのは心臓に悪いよ。出るなら早いとこ出てほしいんだけど……」

「僕に言われても困る。鈴森さんは深夜と言っていたから、さすがにもうそろそろだとは思うんだが」

時雨はそう言って天井の角の暗がりに目をやった。何が起きても対応できるよう、愛用の洋傘はすぐ近くに置いてある。「原因って何だと思う？」と汀一が声をひそめると、時雨は「それを調べに来たんだ」と呆れた後、姿勢を正して言葉を重ねた。

「だが、ある程度類推はできる。この手の古屋の怪事……いわゆる化物屋敷系の怪談の場合、その原因は大きく三つに分けられるんだ。怨念か、動植物か、人工物だ」

「怨念に動植物に人工物……」

「そうだ。怨念というのはその言葉の意味通り、なんらかの恨みを抱いて亡くなった人間の思いが残っているパターンだ。恨めしさを訴え、恨めしい相手に祟る」

「ああ、お皿を数える幽霊みたいなやつか。お菊さんの『播州皿屋敷』だっけ」

播州皿屋敷とは姫路に伝わる怪談で、とある武家で、十枚揃いの家宝の皿を紛失したという因縁を付けられて殺された菊という女性が幽霊となり、夜ごと井戸から現れて「一まーい」「二まーい」と皿を数えるというものである。汀一のそのコメントに、時雨は意外そうに目を丸くした。

「君にしては珍しく詳しいな」

「珍しいは余計だよ。ほら、あれって姫路の話でしょ？　おれ、母親が姫路出身だから、あっちに帰省するたびに聞かされてたんだ。今はもう平気だけど、小さい頃は怖かった……って、あのパターンのやつなの、ここ？　やだよおれ！」

「自分で言って自分で怖がるやつがあるか。落ち着け。恨めしいと訴える幽霊を見たという話はないし、そもそもここには井戸もない」

「確かに。でも、鈴森さんのお祖父さんが子供の頃に悲しい声を聞いてるんだよね」

「あの話は今は気にしなくていいだろう。本人もはっきり覚えていないそうだし、もし本当に聞いたんだとしても、今起こっている怪事とはまるで異なるわけだから」

「そっか。ちょっと安心した。……ちなみにさ、そういう怨念だか幽霊だかって、恨みを晴らした後はどうなるの？」

「色々だな。満足して消えることもあれば、その場に居着いてしまい、訪れた人を驚かしたりすることもあるそうだが……。そして、二つ目の分類が動植物。生き物が別の姿に化けて、屋敷を訪れた者の前に現れ、我はサイチクリンノイチガンケイである、我はトウヤノバズであるなどと、奇妙な名前を名乗るんだ」

「はい？　なんて？」

　動植物と言うからには狐とか狸とか樹木の精霊みたいなものだと思っていたのだが、どうやら違うようだ。汀一が眉をひそめて問い返すと、時雨は神妙な顔でゆっくり言い直してくれた。

「サイチクリンノイチガンケイ。漢字で書くと『西の竹林(たけばやし)の一つ眼(まなこ)の鶏』となる。つまり、自分はここから西にある竹藪にいる片目の鶏ですよ、と名乗っているわけだ。トウヤノバズは『東の野の馬の頭』の意味で、東の野原に馬の首だか頭蓋骨だかが転がっており、それが化けていることを示している」

「ああ。名前が正体のヒントになってるんだ」

「そういうことだ。この手の連中は、その場で正体を言い当てるか、昼間のうちにその本性を見つけて供養するなり退治するなりしてやると出なくなる」

「ふんふん。もし答えられなかったり分かんなかったりしたら」

「食べられる」

「それもやだなあ！　……あのさ時雨、やっぱおれ帰っていい？」

「何を今更。安心しろ。今言ったようなものが出るのは主に山中の荒れ寺や廃屋で、こんな町中にはまず出ない」

「……ほんとに？　ほんとだね？　信じるからね？」

「しつこいぞ」

「しつこくもなるよ。で、三つ目のパターンは人工物だっけ。人が作ったものってことは、要するに妖具ってこと？　古道具が化けて動いたり暴れたり、みたいな」

「その場合ももちろんあるが、まだ妖具と呼ばれる状態には達していない器物や調度品が動いたり声を出したりしているケースの方が多いと聞く。古い屋敷に溜まった妖力に感応するんだ」

「なるほどなるほど」

　相槌を打ちながら、汀一は蔵借堂を訪れた初日に店の前で割ってしまった壺のことを思い出していた。そもそも汀一が蔵借堂でバイトすることになったのも、あの壺が勝手に動いて汀一の足下に来たからなのだ。もうあれから半年近く経つのかと懐かしむ汀一の前で、時雨が「ちなみに昔話だと——」と続けた、その時だった。

静かだった旧鈴森邸に、突如、笑い声が轟いた。

キャハハハハハハハハハハハハ！　と響く甲高い声に、二人はびくんと身を震わせた。

「でっ」

「出たか！」

真剣な面持ちになった時雨が弾かれるように立ち上がり、汀一が慌ててその背に隠れる。愛用の傘を手にして身構えた時雨は、背中にぴったり張り付いて怯える汀一を肩越しに見やり、ぼそりと言った。

「そうくっつかれると動きづらい」

「あ、ごめん」

「……かと言って、あんまり離れんといてほしい。それはそれで心細い」

「わがままな奴め」

というわけで汀一は時雨とぎりぎり接触しない程度の距離を保ち、改めて四方を見回した。先ほどの笑い声に呼応するように建物の中は徐々に騒がしくなっており、何かを叩きつけるような激しい音や、怒号めいた叫びがあちこちから聞こえてくる。音の主は見えないし気配もないが、激しい音や大声はそれだけで身をすくませる。

「これは確かに怖いし、それに近所迷惑だね」

「よし、音源を探しに行くぞ。灯りを持ってくれ」

「えー？　行くの？　明るくなってからにしない？　……って、それは冗談だけどさ。音源も何も、そこら中から聞こえてない……？」

作業灯を手に取った汀一が思わず漏らす。その後二人は震えながら母屋だけでなく下宿棟も見て回ったが、汀一の言葉通り、怪しい音や声はどこか特定の場所から聞こえているわけではないようだった。暗い中庭で時雨がむうと眉根を寄せる。

「さっき、人工物が化ける話が途中だっただろう。どうやらこれはあのパターンだ。昔話だと、化けるのはたいてい古い器物で、夜中に群れを成して現れる。『古蓑、古笠、古五徳……』のように自分たちの素性を名乗りながら騒ぐが、昼間にその正体である古道具を見つけて焼いてしまえば出なくなるという」

「動植物のやつと似てるね。で、今は何が化けてるの？　それらしいもの何もなくない？　名乗ってすらいないし」

「ああ。それなんだが……騒いでいるのはどうも個別の道具や家具じゃない。長い時間をかけて溜まった妖気に感応しているのは、おそらく、この建物そのものだ」

そこら中から大声や激しい音を響かせている旧鈴森邸に難しい顔を向けたまま、時雨がきっぱり言い放つ。その隣で作業灯を掲げていた汀一は、なるほどと得心し、直後、時雨をぎょっと見つめた。

「え？　それってつまり、昼の内に家を焼くしかないってこと？　いや、いくら取り壊しが決まってるからって、それはさすがに乱暴すぎない？　このへん古いお寺も多いし、燃え移ったら大変だよ」

「落ち着け。今のはあくまで昔話の中の対処法。そんな乱暴な手に頼らなくとも、根こそぎ妖気を吸ってしまえば、ただの古屋に戻るはずだ」

　傘の柄を持ち直した時雨が冷静に告げる。なんだ、と拍子抜けしながら汀一は時雨から少し離れた。そういうことなら後は任せてしまえばいい。汀一が見守る中、時雨は呼吸を整えながら騒ぐ古屋を再度見つめ——そして、傘を押し広げようとした手を、なぜかぴたりと止めてしまったのだった。

＊　＊　＊

　一晩明けた土曜日の朝、旧鈴森邸の母屋の和室にて。汀一と時雨は昨夜のうちにコンビニで買っておいた朝食を取っていた。

　窓の外は抜けるような見事な蒼天だったが、室内の空気はどうにも重たくすっきりしない。おにぎりをペットボトルのほうじ茶で流し込み、汀一は昨夜のことを思い返した。

　時雨は結局、この建物から妖気を吸わなかった。汀一は驚いたが、時雨はそのことについて何も言わず、そうこうしているうちに怪しい音や声は収まり、再開する気配もなかったので、二人は寝袋に入って休み、先ほど起きたのであった。

　時雨の心変わりの理由は気になるが、自分から言わないことをこっちが聞いていいものか。先に朝食を終えた汀一が寝癖を撫でつけながら考えていると、ベジタブルサンドイッチを食べ終えた時雨は、ご馳走様でした、と手を合わせ、ちらりと汀一に目をやった。寝相がいいのか妖怪だからか、黒い髪は全く乱れておらず、それが汀一には羨ましかった。

「……昨夜、どうして妖気を吸わなかったのか、聞かんがか……？」

解体を待つ空家の居間に弱気な方言が静かに響く。それを聞いた汀一は拍子抜けするように笑った。どうやら聞いてもいい……と言うか、聞いてほしいようだ。

「じゃあ聞く。なんで？」

「ダイレクトな聞き方だな。……確かに、あの時妖気を根こそぎ吸ってしまえば丸く収まったとは思う。だが、この家が騒いだ理由が気に掛かってしまったんだ」

「騒いだ理由？　溜まった妖気に感応してどうこうってやつじゃないの」

「ただ機械的に感応しているだけなら、もっと無秩序な音や声になると思うんだ。笑ったり叫んだり大きな音を立ててみたりというのは、いずれも原始的な意思表示だ。あの音や声は——つまりこの家は、何かを必死に伝えようとしている気がしたんだ。それで、もしそうなら、その思いを汲んでやりたいと思って……」

「傘を下ろしちゃったってわけか。時雨らしいね」

あっさり得心する汀一である。目の前の友人がクールぶっている割にお人好しで優しいことはよく知っているので、別段意外には思わない。時雨は、汀一のリアクションが存外薄いことが意外だったのだろう、少し眉根を寄せた上で続けた。

「化物屋敷の怪事の原因は三つに分けられるという話をしただろう。そのうちの三つ目、人工物の場合は、妖怪の正体を昼間に焼いて一件落着という話が多いんだが……この類型の中には、別の形の話もあるんだ」

「別の話？」

「確か、津軽の昔話だったか。古寺の妖怪退治に出向いた若者の前に、古道具の妖怪の群れが現れて楽しそうに歌って踊るんだ。そこで若者が一緒になって盛り上がってやると、何事もなく夜は明け、妖怪たちは満足して本性の古道具へと戻る。それらの道具には、不思議な力が備わっていたり、中に金銀が入っていたりしたので、若者は幸せになった……というもので、僕は、この話が好きなんだ。退治するのではなく、賑やかに騒ぎたい古道具たちの気持ちを汲んでやることで、人も妖怪も満たされるという結末が」

「へー！　なるほどね。確かにいい話だね」

「そう思ってくれるか？」

「うん。動けないうちに焼いちゃうよりずっといいと思うよ」

そう言ってうなずきながら、汀一は先日蔵借堂で聞いた言葉を思い返した。

――俺は運良く化けられたけども、そうなれるのは一握りの運がええやつだけやろ。普通の道具は、用を終えたら処分されるか忘れられるか……。

――俺みたいな妖怪としては、こういう店があるだけでありがたいんやわ。作られたものが、ちゃんと思いを遂げさせてもらえてるみたいでな。

人間の自分でさえあの考えに共感できたわけだから、人工物の妖怪である時雨がこの家に同情してしまうのはよく分かる。重ねて同意を示した上で、汀一は顔をしかめた。

「でもさ、その昔話と今ではちょっと状況違くない？　古道具だったら持って帰って直せばいいし、騒ぎたいなら一緒に盛り上がればいいけど……今回の場合、相手は家丸ごとで、しかも何をどうしたいか分かんないわけだよね」

「そうなんだ……。せめて目的が分かればいいんだが」

「素人の考えで言うけど、単純に壊されたくないってことじゃないの？」

「だったらもっと抵抗するはずだし、僕らだって叩き出されてもおかしくはない。壊されることは受け入れていて、その上で何かを言い残したがっているような、そんな気がするんだが……」

正直、自信がないのだろう。気弱な顔の時雨が語尾を濁して溜息を落とす。汀一は、励ましてやりたいとは思ったものの、知識も経験もない身ではアドバイスが浮かぶはずもなく、ただ「そうなんだ」と同じ相槌を繰り返すことしかできなかった。


その後、時雨は蔵借堂に電話を掛け、蒼十郎に昨夜の出来事と自分の考えを伝えた。コメントを求められた蒼十郎は「現場に行っていないのでなんとも言えないが」と断った上で、「作られたものや壊されゆくものの気持ちを汲みとれてこそ職人だと俺は思う」「家が何かを訴えているなら、その心残りの縁(よすが)を示すものが建物の敷地内にあるかもしれない」

と時雨に告げた。それを聞いた時雨が発奮したのは言うまでもない。

今日は土曜日なので丸一日をフルに使える。というわけで時雨と汀一は「汀一は帰ってもいいぞ」「いや手伝うよ。一人だと大変だろうし。手伝ってほしいって顔してるし」「……助かる」といったやりとりを経て家探しに乗り出した。

……だが、二人の意気に反して、丸一日かけた捜索では特に何も見つからず、夜になるとまた旧鈴森邸は騒ぎ出したのであった。

＊　＊　＊

さらに一晩が明けた日曜日の朝。

「わざわざすみません、鈴森さん。ご足労をかけてしまって」

「ご足労も何も、ここは元々俺の家だし、これはうちの問題だからな。むしろこっちが任せちまって申し訳ないって話で……。なあ美也」

「うん。二晩も泊まり込んでくれるなんて思わなかったし。大丈夫だった？」

「おかげさまで」

時雨と汀一の二人は、すっかり居慣れてしまった旧鈴森邸で、矍鑠（かくしゃく）とした老人とその孫娘とを出迎えていた。この家のかつての住人である鈴森哲蔵（てつぞう）と、その孫の美也である。昨日の徒労を踏まえた汀一が「そもそもさ、おれたち部外者だから、変なものがあっても気付けないと思うんだよね。ここに詳しい人に来てもらった方がいいと思う」と主張、時雨もそれに賛同し、二人は美也とその家族を呼んだのだ。

両親と祖母、それに美也の兄は用事があるとのことで——美也に兄がいることを汀一は初めて知った——来られたのは美也と哲蔵の二人だけだった。今年七十になるという哲蔵は、趣味はノルディックウォーキングと太極拳と釣りという元気な老人で、髪こそほとんど残っていないものの、背筋はまっすぐ伸びていて足腰もしっかりしている。上がりかまちに腰かけた哲蔵は、しみじみとあたりを見回した。

「いやあ、やっぱり懐かしいなあ……。この土間でよく転んだっけか。そうそう、そこの中庭には防空壕があってね、連合軍の爆撃機が来ると慌てて飛び込んだもんだ。まわりは火の海で、生きた心地がせんかった……」

「それは……大変だったんですね……」

「葛城くん騙されちゃ駄目。この人思いっきり戦後生まれだし」

「そもそも金沢は空襲を受けていない。爆撃されていたら、寺町の寺がこんなに残っているわけがないだろう」

老人の昔話に深く同情する汀一だったが、そこに美也と時雨がすかさず突っ込んだ。言われてみればその通りだ。騙したのかと見つめると、哲蔵は悪びれることなく笑った。

「引っかかったな」

「そりゃ引っかかりますよ！　大人が初対面の高校生相手にいきなりそんな嘘吐くと思い

ませんし……」

　そう言えば美也が「適当な嘘ばっかり言ってるような人」と言っていたっけ。今更のように思い出しつつ呆れる汀一である。その顔を見た哲蔵は実に満足げにうなずき、美也は恥ずかしそうに顔を覆った。

　その後、時雨は、哲蔵と美也に昨晩までのいきさつを語った。家が何かを訴えている気がするんだが心当たりはないか、と問われた鈴森家の二人は、揃って困惑し、首を捻った。

「あたしここに住んでたことないからねー。お祖父ちゃんは」

「俺も、ガキの頃までしか住んでねえからなあ。古い謂れがあったのかもしれねえし、親父やおふくろなら知ってたかもしれねえけど、俺には思い当たることは何もねえよ」

「でも、子供の頃に悲しい声を聞いたんですよね」

「お、詳しいがいや。美也から聞いたがか？　まあ、そんな記憶はあるにはあるげんけど、あれだってほんとかどうか怪しいもんだ。夢か勘違いだろ、多分」

「ですが、僕はあなたが鍵だと思うんです」

　食い下がったのは時雨である。かつては団欒（だんらん）の間だった和室で、部屋の四方を見回しながら、古道具屋育ちの少年は「信じてもらうのは難しいんですが」と言葉を重ねた。

「哲蔵さんがこの家の敷地に入ると、わだかまっていた妖気がそわそわし始めた……つまり、家が反応した気がするんです。待っていたぞ、とざわめいているような……」

「家が？　さすが古道具屋さんの子、理屈なこと分かっとんなあ。そんなことあるわけねえだろとは思うものの、実際、充分おかしなことは起きてるわけだしな。だったら、まあ……探してみるか」

「お願いします」

「お願いするのはこっちだっての」

頭を下げる時雨に哲蔵が笑い返し、よっこらしょ、と腰を上げる。家が反応しているという話は汀一には実感はなかったが、時雨が言うならそうなんだろうし、であれば今度こそ異変の原因が分かるかも！

……と、汀一は期待に胸を膨らませたのだが。結論から言ってしまうと、この日も特に何も出なかった。

美也が「午後からバイトなんだよね。ほんとごめん」と昼食後に帰ってしまった後も、哲蔵と時雨と汀一の三人で家探しを続けてみたものの、特に収穫はないまま日は沈み、また夜がやってくる。暗くなってきた寺町の一角、旧鈴森邸の渡り廊下に並んで腰を下ろしながら、三人は溜息を響かせた。

「今更だけど……何を探せばいいのか分かんないってのが辛いですよね」

「だなあ」

汀一の漏らした嘆息に哲蔵が徒労感に満ちた声で応じる。時雨は、二人をここまで付き合わせてしまったことに責任を感じているのか、難しい顔で沈黙したままだ。その様子をちらりと見やった後、哲蔵は顔を上げ、薄暗くなってきた中庭を見た。

「君らの話を聞いた時には、引っ越した時に置き忘れた大事なものとか、そういうものを想像したんやけど……戸棚や机の引き出しまで探しても、特に何もなかったもんな」

「残ってたのって、カレンダーとかチラシとか、なんか古い封筒くらいでしたしね」

「あの封筒も大したものは入っとらんかったしなあ。昔の地図に、役所からの通達、町内会の会報に、家の改築の時の記録の写し……」

「それ、もう一度見せてもらってもいいですか？」

ぼそりと言ったのは時雨だった。哲蔵が後ろに置いていたB5サイズの茶封筒を差し出すと、時雨は会釈して受け取り、中を検めた。口にこそ出していないが駄目元でやっているのは見え見えで、汀一の胸がぐっと痛む。もうやめよう、時雨は充分やったよと言い出すタイミングを計りつつ、汀一は哲蔵に話しかける。

「やっぱり、哲蔵さんが昔ここで聞いたって声が関係してるように思うんですけど」

「まあ、その他に何も起きとらんげんて、ここでは。俺が嘘吐き呼ばわりされるようになったのもあれからだったなあ。信じてもらえねえもんで、だったら適当なこと言い倒してやるってんで、こんな不謹慎な性格に育っちまってんけど……。でもなあ、汀一くん。改めて思い返してみても、声を確かに聞いたとは言い切れんがや。あれはやっぱり、子供の聞き間違いか勘違いだったと――」

「――井戸だ」

苦笑い交じりの哲蔵の語りに、時雨の声が被さった。

「井戸」？　いきなり何を？　汀一と哲蔵が戸惑って目を向けた先で、時雨は興奮した面持ちで変色した大きな紙を渡り廊下の上に広げた。この建物の改築の際に使われた施工図のコピーである。真上から見た平面図で、柱や壁や窓や階段などの位置の他、業者によるものと思われる鉛筆のメモ書きもいくつか記されている。

「それならさっきも見たけど……てか時雨、『井戸』って何」

「ああ。井戸なんかこの家にはねえぞ？」

「それがあったんです。ここに」

そう言いながら時雨が指さしたのは、三人が今いる場所、下宿棟と母屋を繋ぐ渡り廊下だった。廊下の屋根の輪郭を示す直線の中には小さな正方形があり、その脇には「井戸跡」「塞グ」と走り書きのメモがある。

「……つまり、昔ここに井戸があって、下宿屋に改築する時に塞いじゃったたってこと？だとしても、それが一体」

「確証はない。だがもしそうなら……。哲蔵さん。あなたが幼い頃に悲しい声を聞いたその日、もしかして、渡り廊下の床板が上げられていたんじゃないですか？」

汀一の問いに曖昧に応じ、時雨が哲蔵に向き直る。いきなりの問いに哲蔵はきょとんと戸惑ったが、すぐに「待てよ」と黙り込んだ。

「……おいや。思い出したぞ。あの頃は確か、下水の配管工事だかなんだかで中庭を掘り返していて……渡り廊下の床も上げとった。俺が声を聞いたのはその時だ。工事の記録はあるだろうから、調べりゃ日付も絞れるだろうが――しかしよ、それがなんながや？」

「これを剝がしてみれば分かると思います」

そう言って時雨は右手を握り、拳の背で朽ちかけている廊下の床板を小突いた。


もうあたりはすっかり暗くなっていたが、ここで止めるとか中断するという選択肢は三人の中にはなく、時雨たちは作業灯の光を頼りに床板を剝がしにかかった。

幸い哲蔵が自分の車に工具箱を積んでいたので、道具を準備する手間は省けた。釘抜やバールを手際よく使う時雨の姿に、哲蔵は「若いのに筋がいいな」と感心した。

やがて床板が取り除かれると、案の定と言うべきか、直径八十センチほどの、石で囲われた井戸が現れる。それを見るなり時雨は「これだ！」と息を呑んだ。

時雨が感銘した理由は汀一にも分かった。覆っていた板が取り払われ、井戸が外気に触れた瞬間、建物の敷地全てから歓喜するような気配がぶわりと立ち上ったのだ。この家はこれを見つけてほしかったんだと汀一は肌で理解した。中を覗き込んだ哲蔵が言う。

「こんな井戸があったとはねえ。完全に干上がっちまってるが……ん。奥に何かあるぞ。円盤……いや、ありゃ皿か？」

「ほんとだ。お皿ですね……って。井戸に皿って、まるであの」

「そういうことだ汀一。ここはかつて、皿屋敷だったんだ……！」

顔を上げた汀一の前で時雨がきっぱり言い放つ。

皿屋敷。よく聞き知ってはいるが、ここで聞くとは思わなかったその古典怪談のタイトルに、汀一と哲蔵は同時に眉をひそめた。

「いや、皿屋敷って播州じゃないの？　兵庫の」

「そうなんか？　俺は東京の番町の話だと思ってたが。『番町皿屋敷』って、歌舞伎にあるだろ。ほれ、『半七捕物帳』の岡本綺堂が書いたやつ」

「お詳しいですね。そしてお二人とも正解です。『皿屋敷』は一つではないんです。家宝の皿と井戸と不幸な女性にまつわるあの話はバリエーションが多く、たとえば皿の扱いについても、割った、紛失した、井戸に落としたなど色々です。その怪談の舞台とされる屋敷も日本中に点在していて、兵庫にも、東京にも、そしてこの金沢にもあるんです」

「え、そうなの？」

「ああ。『金澤古蹟志』には、市内のとある屋敷は由来は分からないが皿屋敷と呼ばれている、播州皿屋敷というのはここなんじゃないか、という記述がある。また、皿屋敷と目された屋敷は金沢市中だけで四つか五つはあったとも」

「多いね！」

「多いな。いくら江戸時代でも、お女中を切って井戸に放り込むのがそんなに流行ったとは思えんげんけど……」

　時雨の詳細な解説を受け、汀一と哲蔵が感想を漏らす。ええ、と時雨がうなずき口早に続ける。

「ですから単なる噂だと思っていましたが……ここは案外、本当の皿屋敷だったんじゃないでしょうか。哲蔵さんのご両親が買うまで、ここはずっと無人だったんですよね？」

「おいや。明治の前から空家だったのを親父が買って――ん。待てよ。もしかしてあれか。こういうことか？　江戸時代、ここに元々住んでたやつは、皿をなくした罪を娘に着せて殺しちまって、それで井戸から出た幽霊に祟られて……」

「はい。おそらくその祟りで屋敷が廃絶したんです。近所の人もその話を知っていたから手を付けず、空家のまま放置されていた。ですが哲蔵さんのお父さんはここを買い取り、井戸を廊下で塞いでしまった」

「じゃあ何か、親父は最初から曰く付きって知ってたってのか」

「分かりません。井戸の話を知った上で買ったのか、買う手はずを整えてから噂を知ったのか、今では確かめる術もありませんが……。ですが、哲蔵さんが幼い頃に声を聞いた夜にたまたま井戸が開いていて、井戸の底に皿もあるとなると、繋げて考えないわけにはいかないでしょう」

「確かに……。ん？　ってことは、もしかして、また開けちゃったわけだから――」

また出るんじゃないの、と汀一が尋ねようとした、その時だった。

「いいいいいちまあああああああい！」

井戸の奥の暗闇より、地の底から染み出すような女性の声が響き渡った。その場の三人が青ざめて硬直する中、長い髪を振り乱し、重ねた皿を手にした和装の女性の幻影が、涸れ井戸の中から立ち上る。

「にまああああああああい……さんまあああああああああああい……」

かつて家宝の皿を失ったと難癖をつけられて殺され、自分を殺した一族を呪いで廃絶させた女性の哀切のこもった声が、旧鈴森邸の渡り廊下や中庭に染み入っていく。怯える汀一の傍らで、哲蔵が「この声だよ」と短く唸る。

「この声だ……！　勘違いじゃねえ、俺が確かに聞いた声だ……！」

恐怖よりも感動で目を見開いた哲蔵が言う。その間も、井戸から出た幽霊はゆっくりと――それはもう感慨深げに――皿を数えていき、九枚目まで数え終わると顔を上げた。

「これでええええええええ……数え納めええええええええええ……！」

開き直ったような晴れがましい声を残し、霊の姿がふっと消える。いきなり始まっていきなり終わった一幕に三人は沈黙していたが、ややあって時雨が大きく息を呑み、目を見開いてあたりを見回した。

「妖気が消えている……！」

「え？」

「ここに――旧鈴森邸にわだかまっていた妖気が、綺麗さっぱり消え失せている！　ここはもうただの古屋だ」

「つまり、もう夜中に変な音やら声はしないがか？　しかし、なんでまた」

「目的を果たしたからだと思います」

「目的？　井戸の幽霊を解放してやってほしかったってこと？」

問いかけたのは汀一だ。時雨が首を縦に振る。

「無論それもあるだろう。だが、それだけだったら素直に解体を待てばいい。おそらくこの家は、自分が取り壊される前に伝えたかったんだと思う。かつてこの家に住んでいた子供に、君は確かに幽霊の声を聞いたんだ、君は嘘吐きなんかじゃないんだぞ、と」

静かになった井戸や母屋や下宿棟を眺めながら時雨が静かに言葉を重ねる。それを聞いた哲蔵は、ぽかんと目を丸くした後、「そんなことのために」と苦笑し、泣いた。目尻に涙を溜めた哲蔵が、母屋に向き直って姿勢を正す。

「……わざわざ、気の毒にな。ゆっくり休んでくれや」

しみじみとした声を発し、哲蔵が深々と頭を下げた。金沢弁の「気の毒に」は、標準語のそれとは異なり、深い労い（ねぎら）と感謝を示す。時雨と汀一も哲蔵に釣られるように一礼し、かくして旧鈴森邸の怪事にまつわる一件は、ここにようやく幕を閉じたのだった。

＊　＊　＊

「とまあ、そんな感じで……。一応二、三日様子を見たけど何も起こらないし、来週から解体工事が始まるって鈴森さんは言ってました」

一件落着後、和風カフェ「つくも」の店内にて。汀一と時雨は、亜香里、それにたまたま来店していた祐に、今回の経過を話して聞かせていた。

テーブルの上に置かれている鮮やかな皿は、あの井戸から回収してきたものである。なんでも既に失われた窯で焼かれた九谷焼の名品だとかで、売れば結構な値が付くらしいが、今回の礼として哲蔵が譲ってくれたのだ。話を聞き終えた亜香里は、まず「ほんとお疲れ様」と二人を労い、しみじみとした吐息を漏らした。

「優しい家だったんだね。そんな家が壊されちゃうのは……仕方ないとは思うけど、やっぱり忍びないね」

「同感だ。目的を果たした時点で、あの家から自我や主体は消えていたし、用が済んだら処分されるのも、被造物の宿命だと分かってはいるが……」

亜香里の器物系の妖怪らしいコメントに時雨が静かに同意する。一方、ずっと黙って耳を傾けていた祐は、うーんと言いたげに眉根を寄せ、言いづらそうに口を開いた。

「いきさつはよく分かりましたし、興味深い一件だとも思いますが……しかし、そこまで手を掛けるべき事件だったんでしょうか……？　結局、その建物が取り壊されることには変わりないわけですし、そのご老人——哲蔵さんだって、幽霊の声の記憶の真偽を確かめたいと願い続けていたわけではないのでしょう」

「それは、まあ。本人的には、多分勘違いだろうってことで落ち着いてたみたいですし、気に病んでた感じもなかったですね」

「でしょう。それに、過去に怪事を体験したのが哲蔵さんしかいないのなら、恨みのターゲットが彼だったという可能性もあったはず。結果無事だったとはいえ、当事者やその家族を現場に連れ込むのには慎重になるべきだとぼくは思いますが……。最初から濡神くんが妖気を吸ってしまえば、あっさり解決したのではないか、とも」

「それは……」

　祐の冷静な問いかけに時雨が言葉に詰まって目を逸らす。もっともだ、と思ってしまったのだろう。実際、隣で聞いていた汀一にも、祐の意見は一理どころか二理も三理もあるように思えた。

「確かに、おれも小春木さんの言い分が正しいとは思います。でも……今回は、哲蔵さんも鈴森さんも無事だったわけですし、それに哲蔵さんも嬉しそうでしたし、結果オーライってことで良くないですか」

「汀一……。ありがとう」

「お礼を言われることじゃないし、むしろ時雨が言われる側だろ。実際、時雨が頑張ったからこそ、人も幽霊も、それにあの家も、全員が満足して終われたんだからさ。おれ、時雨のそういうところは偉いと思うよ」

「……そ、そうか？」

　ストレートに褒められた時雨が照れ臭そうに視線を逸らす。同時に、祐は汀一の言葉に感銘を受けたようで、ああ、と短く唸った。

「建物の……被造物の満足ですか。その視点がぼくには欠けていた……」

「まあ、そこはね。人間にはどうしてもぴんと来ないとこだよねえ」

おっとりと口を挟んだのは、カウンターでカップを拭いていた瀬戸である。シャツにベストにネクタイに前掛けという、いかにもカフェのマスターらしい出で立ちの瀬戸は、汀一たち四人が向き直った先で、蔵借堂とつくもを隔てる壁をしみじみと見やった。

「道具の妖怪的には、どうしても、打ち捨てられて廃棄されていく古いものに共感しちゃうわけでね……。蔵借堂を始めたきっかけもそれだよ」

「へえ。そうなんですか」

「うん。いつか廃棄されるものだとしても、その日が来るのを少しでも延ばしてやりたいし、それまでは、たとえ使われなくても現役のまま居続けさせてやりたいし、最後は満ち足りた気持ちで去らせてあげたい、ってねえ」

「なるほど……。そんな企業理念が」

「小春木くんは大げさだなあ。企業理念ってほど大したものでもないよ。だから看板に掲げたりもしてないけれど、でも――」

その考え方が時雨くんや汀一くんにも伝わっているのなら何よりだよ。

そう言い足し、瀬戸は嬉しそうに微笑んだのだった。

皿屋敷：××××町の入口也。延寶金澤圖に、×××××と×××町の入口との間なる地を明地となしたり。是卽ち皿屋敷といへる地也。（中略）皿屋敷といひ傳ふれど、其の由来詳かならず。皿屋敷といへる地は、爰のみならず、金澤中に五・六ケ所もありといへり。（中略）兒童の昔語りにいへる播州皿屋敷は、此の地ならんかといへり。

（「金澤古蹟志」より。一部を伏字とした）

第四話　冬空の下で

　十二月になって最初の水曜の朝、いつものように祖父母の家を出た汀一は、玄関先で立ち止まって目を見張った。

「うお。雪だ」

　見たままの感想が声になる。その言葉通り、見渡す限りの風景は見事に白く染まっていた。街路樹や建物にはいずれも綿帽子のような雪が載っかっており、道の脇には除雪車が早朝の内に押し固めた雪が膝の高さにまで盛り上げられ、一車線の狭い道には十センチ弱の新雪が積もっている。

　今年は早めに寒波が来たというニュースは聞いていたし、昨夜から雪がちらついていたのも知っているが、一晩でこんなに積もり、一晩でこんなに景色が変わるとは！　これまで住んでいたところは、積もったところでせいぜい数センチだったので、こんないかにもな雪景色は初めてだった。

　汀一は、自分が北国に住んでいることを改めて自覚し、寒気にぶるっと身を震わせた。防水のダウンジャケットを着こみ、インナーも防寒仕様にしているが、寒いものは寒い。

　幸い、雪は朝早く止んだようで、空はスカッと晴れている。東から差し込む陽光をそこかしこに積もった雪が照り返しており、汀一は思わず目を細めた。

「眩しい……！　あと、やっぱ眠いな……」

手袋を付けた手で軽く目尻を擦る。雪の日は交通が乱れるから早めに出た方がいいと祖父母に念を押されたので、家を出る時間が普段より半時間ほど早いのだ。汀一は冷え切った空気を吸い込んで気持ちを切り替え、バス停に向かって歩き出した。

武家屋敷跡や茶屋街には負けるものの、祖父母の家があるこの一帯には古くて風格のある民家も多く、そういう建物には雪がよく似合う。物珍しげにあたりを見回しながら汀一は歩き慣れた道を進み、ふと足を止めた。

「へえ……」

感嘆の声を漏らしながら汀一が見つめたのは、とある民家の軒先に下がった一本の氷柱だった。長さは五十センチ強。透き通った細長い円錐形の氷の柱が朝日を受けて輝く様は、幻想的で詩的なだけでなく、どこか温かでさえもある。

先端から少しずつ雫を落とす氷柱に、汀一はしばらく見入り、やがて慌てて歩き出した。せっかく早起きしたのに氷柱に見とれて遅刻するわけにはいかない。

＊　＊　＊

「おはよ……」

「ああ、お早う汀一――どうした？」

氷柱に見入ってから小一時間後。汀一が始業前の教室にとぼとぼと入室すると、時雨は挨拶もそこそこに驚いた。時雨もつい今しがた来たところなのだろう、学生服の上に濃いグレーのロングコートを羽織ったままだ。背が高く細身で姿勢もいい時雨には、丈の長いコートはよく似合っている。

「時雨、コート着るとかっこいいね」

「何？　あ、ああ。ありがとう……？　それより一体何があったんだ」

「うわ！　どしたの葛城くん。ビッショビショじゃん」

「晴れてるのに……。川にでも落ちたの……？」

問いかけてきたのは前の席の美也とその友人の聡子（さとこ）である。汀一はまず「おはよう」と苦り切った声で挨拶し、その上で濡れ鼠状態な自分の姿を見下ろした。ダウンジャケットは防水だからまだいいものの、制服のズボン、特に膝から下はしっとり湿って変色しており、髪も濡れてごわごわだ。美也と聡子、それに時雨の視線を浴びながら、汀一はジャケットを脱ぎ、自分の席に腰を下ろした。

「色々あってさ……」

「色々って」

「うん。まず、バスが混んでて乗れなくてさ。次のに乗れって言われたから何本か待ったんだけど、どれもいっぱいで」

「あー。雪が降るとそうなるんだよね。普段チャリとか歩きの人も乗ってくるから。で、どうしたの？」

「とりあえず百万石通りまで出ようと思って歩いたんだけど……歩道が全部、除雪車がどけた雪で埋まってるわけですよ」

「なぜ敬語に？　まあ、市内には雪を捨てるところがないからな。必然的にそうなるが……ああ。さては、車道の脇を歩いていて水撥ねを引っ掛けられたのか」

「時雨、正解。それもある」

「それ『も』……？」

「あのさ、ほら、道から水が出る仕掛けがあるよね？　小さな丸から四方向にビャーッて水を飛ばす……」

　名前の分からない設備のことを、汀一はジェスチャーを交えて語った。道路の中央に設置された円形の金具から四方に水を飛ばす仕組みで、飛距離はせいぜい一メートル以内なのだが、水圧の具合によるものか、たまに物凄い勢いで数メートル先まで水を飛ばしてくるやつがいるのだ。それに不意打ちを食らったのだと髪を拭きながら語ると、地元民の三人は顔を見合わせ合点した。

「なるほど……。融雪装置にやられたんだ」

「駄目だよー。傘でちゃんとガードしないと」

「素人にいきなりあれは辛いって……。それに、踏まれた雪ってあんなに硬くなるんだね。そうとは知らずに滑って転んでまた転んで……おかげで腰がまだ痛い」

「まさか、いつものスニーカーで来たのか？　先月、一緒にブーツを買いに行ってやったろう。雪が降ったら履くようにと」

「ほほー。相変わらず仲のよろしいことで」

「おれと時雨は同い年なんだけど？」

「知ってる知ってる。でもほら、葛城くん年下っぽいから」

「それも知ってるし、ブーツもちゃんと履いたよ。だけど、歩き慣れてないんだよね、やっぱり。周りの人はすいすい歩いてたんだけど、おれだけ転ぶし危なっかしいし……。コツとかあるの？」

「コツ？　特に意識したことはないが……強いて言うなら、足の裏全体で地面をぐっと踏みしめることだろうか」

　自然にやっていることなので上手く言語化できないのだろう、時雨が眉根を寄せて思案し、美也と聡子も揃って首を捻る。だが、そんな三人は転んでもいなければ濡れてもいないわけで、何かしらの技術を会得しているのは間違いない。さすが雪国ネイティブだね、と汀一が感心すると、美也が呆れたように苦笑した。

「何その褒め方。てか、雪国ってほどじゃないよね、金沢」

「うん……。どかっと降るのは三年に一回くらいだしね……」

「あ、そうなんだ。それはちょっと残念だな」

美也と聡子の言葉に汀一は少し拍子抜けした。雪に苦労させられたのは確かだが、雪の積もった朝の景色に感激したのも確かなのだ。それに、あの氷柱だって……。

写真に撮っておけば良かったなと後悔しつつ、汀一はまた雪がちらつき始めた窓の外を見やった。

＊　＊　＊

その三日後の土曜の朝。細かい雪が音もなく降り続ける曇り空の下を、汀一は透明なビニール傘を差しながら徒歩で蔵借堂へ向かっていた。

先日、市内に初雪をもたらした寒波はまだ上空に居座っており、市内の気温は低いまま、雪は降ったり止んだりまた降ったり……という状態が続いている。

「足の裏全体で地面をぐっと踏みしめる……」

時雨からのアドバイスを思い起こし、道にうっすら積もった雪をブーツで踏みしめて歩く。コツが摑めたのかどうかはよく分からないが、少なくとも、初雪の日のように何度も転ぶことはなくなっていた。

家から蔵借堂までの距離はせいぜい二キロほどである。なので、天気のいい日、あるいは今日のようにバスが混んだり遅れたりしているであろう日は、汀一は徒歩で出勤することにしていた。ダウンジャケットと手袋とブーツ、それに防寒インナーを装備しているので寒くはないが、頭が冷えるのが難点だ。

「今月のバイト代入ったら、竪町で冬用の帽子買おうかな」

そんなことを考えながら、長町の武家屋敷跡をやや速足で抜け——水熊と祐に襲われた記憶があるので、このあたりを通る時はどうしても急いでしまう——鞍月用水近くの小学校が見えてきた頃だった。

あれ、と汀一は足を止めた。

冬の金沢の風物詩の一つ、藁を編んだ「こも」で覆われた土壁の前に、所在無げに一人佇む少女の姿が目に留まったのだ。

少女の背丈は百四十センチほど。空色のダッフルコート姿で、ロシア風のもこもこした帽子を被り、手袋をはめた手に小さなバッグを提げ、コートの裾からは白いタイツに包まれた華奢な足が伸びている。首と顎にかけて紺色のマフラーをぐるぐると巻きつけているので、ストレートの長い黒髪がくしゃっとなってしまっていた。

おそらく中学生くらいと思われるその少女は、土壁の上の小さな庇と、そのさらに上に張り出した庭木に隠れるように壁に身を寄せ、白い息を吐きながら空を見上げていた。

傘を持っていないところを見ると、雨宿り……いや、雪宿り中のようだ。観光客だろうか？　このあたりは別に名所でもないのだが、金沢は市内全域が観光地のような土地だし、徒歩で市内を移動する観光客も多い。なんにせよ、困ってるなら声を掛けた方がいいよな……と、汀一がそう自問した時だ。

雪空を眺めていた少女は、道の斜め向かいに立つ汀一に顔を向け、にこっ、と控えめに微笑んで軽く頭を下げた。くりっとした大きな両目、形良く小さく尖った鼻。少し左に流した長い黒髪は艶やかで、雪のような白い肌とのコントラストも鮮明だ。はにかむような上品な会釈に、汀一は思わず立ち止まり、おずおずと少女に歩み寄った。

「あ、あの……こんにちは」

「はい、こんにちは」

言ってからまだ「おはよう」の時間ではないかと汀一は気付いたが、少女はちゃんと合わせてくれた。いい子だ、と汀一は思った。どう見ても年下っぽいし、敬語じゃなくていいよね、などと心中でつぶやきながら、降り止む気配のない空を一瞥し、少女に向き直って傘を傾ける。

「あの……良かったら、傘入る？」

「えっ？」

「いや、ほら、雪が止むのを待ってるみたいに見えたから……。今日はずっと……と言うか、しばらくこんな天気らしいし、どこか行くなら途中まで、って思って。あ、もちろん迷惑だとか人を待ってるとかだったらそう言ってね！　すぐどこか行くから」

「ありがとうございます……！　じゃ、じゃあ、お言葉に甘えてもいいですか……？」

弁解めいた汀一の早口に少女の抑えた声が被さった。

照れ屋なのか気が小さいのか人見知りなのか、あるいはその全部なのか、少女の声は消え入るように小さかったが、双方の距離が近い上、降り続ける雪が周囲の雑音を吸ってくれていたので、少女の答は汀一の耳にしっかり届いた。拒絶されなかったことに安堵しながら、どうぞ、と汀一が傘を差し出すと、少女はおずおずとその下に入った。

「失礼いたします……」

「どうぞどうぞ。狭いところだけど……。それで、どこに行くところだったの？」

「えっ？　ええと……『どこ』というのは決まっていなくて……。私、来たばかりなんです。だから、その、色々珍しくて……」

少女の語りはおぼつかなかったが、要するに街を見て回っていたのだなと汀一は理解した。引っ越してきたのか旅行なのか、あるいは親戚の家にでも来ているのか、そのあたりの事情は分からないが、ただ送るだけなのだし、そこまで確認しなくてもいいだろう。そう納得し、汀一は「分かるなー」と共感を示した。

「見て回るの面白いもんね、この街。おれも半年くらい前に引っ越してきたんだけど、最初の日にうろうろ歩き回ったよ」

「あっ、そうなんですね！　じゃあ一緒ですね」

「そうなるのかな。どこか行きたいところとかないの？」

「それも決まっていなくって……。あの、お兄さんはどこに行くんですか？」

「『お兄さん』!?」

少女の何気ない呼びかけを汀一は思わず繰り返していた。生まれてこの方一人っ子、背丈と童顔のおかげで同年代どころか下級生からも若輩扱いされがちな汀一にとって、そんな風に呼ばれたのは初めてだ。動揺した汀一に凝視され、少女が怯えて縮こまる。

「す、すみません！　何かおかしなことを言ってしまいましたか……？」

「あ、いや、全然！　おれが勝手にびっくりしただけだから。えーと、おれはね、今から暗がり坂の蔵借堂……って言っても分からないか。主計町茶屋街の方に行くんだけど」

「ちゃやまち……？」

「うん。昔ながらの料亭とかが細い道を挟んで並んでるところ。すぐ傍には大きな川が流れてて、橋を渡った先はまた別の茶屋街があって……。あのへんは観光客も多いよ」

「へえ……！」

汀一のたどたどしい説明に少女は目を輝かせて食いついた。どうやら興味を引いてしまったらしい。至近距離から自分を見つめるきらきらした瞳に照れつつ、汀一は少し思案し、口を開いた。

「だったら……そこまで一緒に行く？」

「あの……ご一緒してもいいですか？」

汀一と少女の声が傘の下で重なって響く。二人はきょとんとした顔を見合わせた後、一拍おいて同時に小さく噴き出した。どうやら同じことを考えていたようだ。汀一はリュックを背負い直し、傘を傾けて「行こうか」と促した。少女がこくりとうなずき、左隣に並んだまま歩調を合わせて歩き出す。

「ありがとうございます。よろしくお願いします、お兄さん」

「そのお兄さんっての慣れないなあ」

顔を赤らめた汀一が頬を掻く。いつも時雨の傘に入れてもらい、時雨を下から見上げている汀一にとって、自分より小柄な相手、しかも女子を自分の傘に入れるというのはおそろしく新鮮で、そしてそれ以上に気恥ずかしい体験だった。つい距離を取ってしまいそうな自分を戒めつつ、汀一は隣に――正確には左斜め下に――視線を向けた。

「名乗ってなかったね。おれ、葛城汀一」

「葛城汀一……葛城汀一さんですね。私、志鎌果織です」

汀一の名前を繰り返して確かめた後、少女――果織が名を名乗る。汀一が「志鎌果織さんか」と名前を呼ぶと、果織は恥ずかしそうに顔を赤らめ、「果織でいいです」と消え入りそうな声を発した。


その後、汀一は果織とともに雪の中を蔵借堂へと向かった。

汀一としては、どうせなら街中を目いっぱい案内してあげたかったのだが、あいにく今はバイトへの出勤中だ。「来られる時に来てね」という緩いバイトではあるものの、今日は朝から時雨と蒼十郎がいないので店番よろしくと頼まれているのであった。

だったらせめて、というわけで、汀一は道中にある名所や施設、具体的には玉川公園やその中にある図書館や近世史料館、武蔵の近江町市場などを、時雨からの受け売りの知識をベースに、自分の体験談を交えて紹介した。

たどたどしく不確かな説明ではあったが、果織はどんな話にも目を輝かせ、興味深く耳を傾けてくれた。すぐ傍で自分を見つめる好奇心旺盛な大きな瞳に、汀一は、妹がいたらこんな感じなのかな、とも思った。


蔵借堂に到着した頃には雪は小降りになっていた。これくらいなら傘がなくても大丈夫そうだなと安心した汀一は、店の軒先で主計町茶屋街や浅野川大橋、ひがし茶屋街などへの道順を改めて説明した。

「もし降ってきても、傘が買えるお店はいっぱいあるし、なんならバスでも貸してもらえるからさ。寒いけど気を付けてね」

「大丈夫です。私、寒さには強いので……。あの、汀一さん、本当にありがとうございました」

「ううん。おれも楽しかったしさ。じゃあ」

「はい！　では、失礼します」

そう言って果織は頭を下げ、踵を返して立ち去る……かと思いきや、名残惜しそうな顔のまま動かない。寂しそうに汀一と蔵借堂の看板とを見比べる果織を前に、汀一は格子戸に掛けていた手を止め、「あのさ」と声を発した。

果織がどう思っているのかは分からないが、せっかく知り合ったのにここで別れてしまうのも寂しいという思いは、少なくとも汀一の中にはしっかりある。だったら駄目元で聞いてみてもいいだろう。

「……もし時間があるなら、ちょっと覗いていく？」

照れをごまかすように頭を掻きつつ汀一がそう尋ねると、果織はほっと安堵したような、そして心底嬉しそうな笑みを浮かべた。

「はいっ！」

＊　＊　＊

「……うん。こんなところか」

蔵借堂の奥の工房スペースで、時雨は一息を吐いて大ぶりなデジカメを下ろした。

目の前の作業台に置かれているのは漆塗りの酒器のセットである。今朝方、市内の老舗旅館から修理のために預かってきたものだ。大正時代から使っている名品だとかで、ところどころの塗りが剝げ、ヒビまで入ってしまっている。修復はもちろん蒼十郎の仕事だが、引き取った時の状況を作業前に記録しておくことくらいは時雨にもできる。

角度を変えて何枚も撮ったし、これくらいでいいだろう。デジカメのデータを確認した上で、時雨はふと店頭に通じる戸に目をやった。

「今日は珍しく静かだな」

訝る声が小さく響く。普段の汀一なら、「時雨ー、店番暇なんだけど」とかなんとか言って、ちょくちょくこちらに顔を見せたり、時雨を引っ張り出そうとしたりするのだが、今日に限っては、もう昼だというのにまだ姿を見せていない。そんなに繁盛しているわけでもなかろうに、と首を捻り、時雨はデジカメを置いて店先へ向かった。

「汀一？　そろそろ昼だが……」

そう呼びかけながら障子戸を開けた時雨は、む、と眉根を寄せて口をつぐんだ。

「そうなんだよ。あのへんは美術館とか博物館がもう街みたいにたくさんあって、見終えた後にこれ行こうとしてた館と違うところだって気付いたりして……。あとね、その近くの石浦神社……えーと、そうそう、この写真。ここ、屋台とかがよく出る神社なんだけど、この道が意外と坂がきつくてさ。市内を回った後だったから、自転車で行った時はへとへとになっちゃって」

パーカーにダウンジャケットを重ねた姿の汀一が、スマホの写真を見せながら調子のいい解説を重ねている。カウンターを挟んだ向かい側で、椅子に腰かけてふんふんと聞き入っているのは、ダッフルコートにマフラーに帽子姿の、見慣れない顔の小柄な少女だ。その様子を前に時雨はさらに眉をひそめた。

客がいるのも意外だったが、何より驚いたのは、店先が冷え切っていたことだ。どうやら暖房が動いていないらしい。詰襟シャツにベストを重ねた姿の時雨がぶるっと体を震わせると、その姿に気付いた少女が小さく会釈した。それを見た汀一が長々としたトークを止めて振り返る。

「あれ。時雨？　どうしたの」

「どうしたのはこっちのセリフだ。なぜ暖房を入れていない？　故障したのか？」

「いや、そういうわけじゃないけど。果織が……この子が、暑いの苦手って言うから」

「果織？」

「うん。今日知り合ったんだ。こちら志鎌果織さん。最近こっちに来て、しばらく金沢にいるんだって」

「は、初めまして……。お邪魔しています、志鎌果織と言います」

親しみの籠もった口調での紹介を受け、果織がおずおず立ち上がって頭を下げる。これはご丁寧に、と時雨が慇懃に一礼を返す。

「濡神時雨と申します。こんなに冷えていて、本当に大丈夫なのですか？」

「はい。私、暑がりなので……だから、これくらいの方がいいんです。汀一さんには無理を聞いてもらってしまって」

「いやいや、おれもこれくらいなら平気だから。長居するお客さんなんかそもそも来ないし、ゆっくりしてくれる人がいるだけありがたい……って、え。もうこんな時間なの？　ごめんね、長々と引き留めて」

「そんな……！　こっちこそすごく楽しかったです」

「そ、そう？　だったら嬉しいけど……。そうだ、ちょうどお昼だし食べてく？　時雨も一緒にさ。いいよな」

「僕は構わないが」

今日知り合った仲にしては、二人は随分に打ち解けているようだ。果織と名乗った少女はかなりシャイなようなので、だとすればこの砕けた雰囲気は汀一の人懐っこさによるものか。さすがだなと友人を羨みつつ時雨はうなずいたが、そこに果織が口を挟んだ。

「あ、あの……私もご一緒したいんですけど……私、そろそろ」

「そうなの？　まあ、せっかく観光してたのに、ここにずっといるのはもったいないよね。付き合わせちゃってごめん」

「い、いいえ、そんな……。お話、とっても面白かったです」

露骨に名残惜しそうな顔になる汀一に、これまた名残惜しそうな果織が向き直って頭を下げる。その後果織は時雨にも再度会釈し、そそくさと――少なくとも時雨にはそう見えた――店を出ようとしたが、玄関先でふと立ち止まり、恥ずかしそうに振り返った。

「汀一さん」

「うん？　おれ？　何」

「私、もうしばらくこの街にいるんです。ですから……その、また時間ができたら、汀一さんに会いに来てもいいですか……？」

「え」

「ご、ご迷惑でしたか？　ですよね、やっぱり――」

「いや全然！　ほんとに！　むしろ逆だし」

数秒前の寂しそうな様相から一転、汀一の顔に笑みが戻る。その笑顔を見た果織は、良かったあ、と胸を撫で下ろし、今度こそ蔵借堂を後にした。

格子戸がゆっくりと閉まり、冷え切った店内に静寂が戻る。少しの間の沈黙の後、汀一は椅子ごと時雨へ振り返り、「聞いた？」とそれはもう嬉しそうに笑った。

「果織、また来るって」

「分かりやすく嬉しそうだな。君には亜香里がいるんじゃなかったのか？」

「……へっ？　あ、いや、違うよ？　そういうのじゃないよ？　果織は確かに綺麗な子だと思うし、性格もすごくいいけど、なんかこう、妹みたいな感じで」

「妹？」

「うん。おれは一人っ子だから、なんとなくの想像なんだけどさ」

問い返す時雨を前に、汀一が自己分析しながら言葉を紡ぐ。「おれ、いっつも弟みたいなポジションだし、年下扱いされやすいし、ずっと教えられる側だろ。話を聞いてもらえるの新鮮なんだよね」と語る汀一に、時雨はなるほどと得心し、その上で少し思案した後口を開いた。言うべきか迷ったのだが、隠しておく方が不誠実だ。

「……汀一。驚かないで聞いてほしい」

「な、何」

「君が妹のようだと語ったあの少女——志鎌果織さんは、人間じゃない。妖怪だ」

「へー」

　時雨のシリアスな断言を受け、汀一の間抜けで緊張感のない相槌が響く。その気の抜けたリアクションに、時雨は大きく眉をひそめた。

「……驚かないのか？」

「いや、もうさすがに慣れたたし。正直そんな気もしてたし。なんて妖怪？」

「そこまでは分からないが、少なくとも僕は初めて見る顔だ。こんなことは言いたくはないけれど、彼女の素性や目的がはっきりしない以上、あまり気を許すのは……」

「危険だって言いたいの？　いや、でも、果織は悪い子じゃないと思うけどなあ。てか、目的って言うけどさ、なんとなく金沢に来てみて街をぶらつくことくらい、人だって妖怪だってやるんじゃないの？」

　時雨の警告を受けた汀一が納得のいかない顔で問い返す。そう思うのも仕方ないか、と時雨は内心でつぶやいた。

　蔵借堂とその近隣の妖怪コミュニティの中で育った時雨にしてみれば、顔なじみでない妖怪というのは珍しく、それゆえにどうしても身構えてしまう。対して、今年妖怪の存在を知ったばかりの汀一にとっては、蔵借堂のなじみであろうがなかろうが、あらゆる妖怪は初対面なわけで、そこを切り分けて考えるのも難しいのだろう。

　それに、と時雨は内心で続ける。実際、汀一の言い分にも理はある。人の姿で生きている妖怪の生活様式は、言ってしまえばほぼ人そのものだ。であれば遠方に住んでいる妖怪がふらっと観光に来ることだってなくもないし、実際、あの志鎌果織という少女からは敵意や悪意は感じられなかった。

だが、にもかかわらず、時雨は、心の中にちくりと刺さった小さな違和感、もしくは不安感の存在を無視することができなかった。

＊　＊　＊

その翌日から、果織は毎日蔵借堂を訪れるようになった。

汀一が店番に入って少し経つとどこからともなくおずおずと来店し、暖房を切った店内で二人でとりとめのない話に興じ、閉店前に帰っていく。

「……で、今日も二人は隣で楽しくお話し中なわけね」

「ああ」

蔵借堂の隣の和風カフェ「つくも」にて。カウンターに頬杖を突く亜香里の問いかけに、テーブル席の時雨は短く答え、溜息とともに脚を組み替えた。

タートルネックのセーターにエプロンを重ねた姿の亜香里は、いかにもつまらなそうな態度の時雨に苦笑いし、テーブルの脇に置かれた一抱えほどの風呂敷包みを一瞥した後、ガラス戸にちらりと目をやった。

先週来居座り続けている寒波のせいで今日も外は雪である。交通機関を麻痺させるほどの降雪量ではないが、こう寒い上に足下も悪いとあっては客足が伸びるはずもなく、「つくも」は連日ほぼ開店休業で、瀬戸は店を亜香里に任せて奥に引っ込んでしまっていた。

　時雨は何を言うでもなく、腕と脚を組んだまま難しい顔で空になったコーヒーカップを睨んでいる。つまらなそうな顔、と亜香里が言う。

「汀一に構ってもらえなくて寂しいのは分かるけどさ」

「別に僕は寂しいとは言っていないが？」

「果織ちゃんいい子だよ。可愛いし礼儀正しいし」

　ぎろりと睨んでくる時雨の反論を亜香里はあっさりスルーし、話を続けた。血は繋がっていないとはいえ、幼い頃からここで一緒に育った仲なのでお互い気心は知れているし、あしらい方も分かっている。渋面のままの時雨に「彼女と話したのか？」と問われ、亜香里は「んー」と首を傾げた。

「ちょっとだけね。すーっと距離を取られちゃって、避けられた感じはしたけど……。人見知りするのかな」

「人見知り？　汀一とあんなに打ち解けているのにか？」

「そりゃ相性はあるでしょうよ、誰にでも。実際、果織ちゃん、一昨日はそこで小春木先輩と普通に話してたし」

　祐が座って本を読んでいた席を亜香里が指さす。それを聞いた時雨は意外そうに眉をひそめた後、蔵借堂とカフェを隔てる壁に目をやった。分かりやすく妬いてるなあ、と亜香里は思った。

「汀一の気持ちも分かってあげなよ。あんな可愛い子が『お兄さん』『汀一さん』って慕ってきたら嬉しくなるし、構ってあげたくもなるって」

「だとしても浮かれすぎだと僕は思うが」

「それはちょっと同感。デレデレのウキウキだもんね、最近の汀一」

「デレデレのウキウキなんてものじゃない。デレッデレのウッキウキだ、あれは」

だらしなくカウンターに身を乗り出したままの亜香里のコメントに時雨が即答する。ひとまず同意を得られたことに安心したのだろう、時雨は軽く肩をすくめ、座ったまま背筋を伸ばして亜香里を見た。

「正直、僕は心配なんだ。彼女の——志鎌果織さんの素性も目的もいまだに分からないことが。亜香里はどう思う？　あの子は何という妖怪だと——」

「雪女じゃない？」

亜香里のあっさりした答が静かな店内に響く。その件については亜香里も少し前から考えていたので、思案する時間は必要なかった。

「この季節、しかも初雪の降ったすぐ後に現れて、暖かいのは苦手なんでしょ。間違いなく氷雪系統の妖怪ってことだよね。それで可愛い女の子となると、雪女しかなくない？」

「僕もそう思っていた。加えて言うなら、自分のことを話さないのも雪女の特徴だし、それに、僕や亜香里との接触を避けたがることも……」

「え。どういうこと？」

「僕は傘の——つまり雨具の妖怪で、送り提灯である亜香里は光と熱の妖怪だろう。寒さを好む雪の妖怪にとっては相性が悪いんだと思う」

「あー、なるほどね。言われてみればそれらしいけど……。でもさー、雪女ってああいう感じなの？　もっと大人っぽいイメージだったよ」

「僕に聞かれても困る。会ったことはないからな」

　亜香里の問いかけに、時雨は腕を組んだままの溜息で応じた。

　雪の夜に現れる美女の姿をした妖怪・雪女は、冬の雪国を代表するのみならず、妖怪社会においては見目麗しい女性の代表格のような存在でもある。初対面の女性に対しての「雪女かと思った」は、一部の妖怪、特に年配の男性がよく言うお約束のフレーズだ。亜香里も何度か聞いている。だが、その知名度や伝承の多さに反して、数が少ないのか、社交性が低いのか、時雨も亜香里も実際に雪女に会ったことはないのであった。

「具体的な年齢がなく、ただ『若い娘』としか語られない雪女も多いから、彼女くらいの歳の雪女がいても不思議ではない。それよりも問題は、彼女が雪女だとしたら汀一が危険かもしれないということだ。凍死させる、魂を抜く、谷底へ突き落とす……。語り残された方法は色々だが、雪女は概して人の命を奪おうとする妖怪だろう」

　心配そうに時雨が言う。その不安な気持ちは亜香里にも分かった。妖怪の行動は伝承や設定に大きく左右される。知性や社会性があるからと言って安心できるとは限らないことは、時雨を自害に追い込もうとした縊鬼の事例を引くまでもなく、亜香里もよく知っている。それを踏まえた上で亜香里は「でもさ」と反論した。

「果織ちゃんは大丈夫じゃないかな。悪い子じゃないと思うよ、命を取るならとっくにやってるだろうし。若い雪女がいるなら、平和な雪女もいるんじゃない？」

「しかし、実際問題、最近の汀一は顔色が良くない」

「毎日暖房付けてない部屋に何時間もいたらそうなるよ。あれは単なる自業自得」

「楽観的なやつだな」

「あんたは悲観的過ぎるの」

亜香里がズバッと言い返すと、時雨はぐむ、と唸って押し黙ってしまった。自分が悲観的で心配性なのは重々自覚してはいるが、それはそれとしてやはり友人は心配だ。無言でそう訴える同居人の少年の顔を亜香里はカウンターからぼんやり眺めていたが、ふいに、ふにゃっと微笑んだ。

「……汀一と知り合ってから変わったよね、時雨」

「何？　出し抜けになんの話だ」

「だって、半年前までの時雨って、自分の問題で悩むことはあっても、友達をそんなに心配することなんかなかったじゃない。そもそもそこまで親しい友達もいなかったし」

「失敬な」

「事実でしょ」

「それは――ああ、そうだな」

　とっさに言い返してみたものの、考えてみればその通りだと納得してしまったのだろう、薄赤い顔の時雨がぼそりとうなずく。以前なら「そんなことはない！」で会話を打ち切っていたろうに、随分丸くなったものだ。これもあの気のいい人間の友人のおかげなのだろうな、と亜香里は思った。

「偉くなったねえ。先輩は嬉しいよ」

「誰が先輩だ。同い年で同学年だろう」

「ここに来たのはこっちが先だもーん」

　へっへっへ、と勝ち誇るようににやついてやると、時雨は「大人げない……」と溜息を落とし、ガラス戸の外に目をやった。雪はいつの間にか止んでいる。それを確かめた時雨はふいに立ち上がり、傍らの椅子に掛けてあったコートを取って袖を通した。

「……出かけてくる」

「え。こんな時間から？　もう暗いよ」

「修理の終わった酒器を届けるよう言われているんだ。届け先は料亭だからこの時間でも人はいるし……それに、雪の積もった夜に歩くのは嫌いじゃない」

　時雨はそう言ってテーブルに置いてあった風呂敷包みを抱え、空になったコーヒーカップを亜香里に渡した上で店を出た。

「ご馳走様。行ってくる」

「行ってらっしゃい。頑張ってね」

「頑張るようなことでもないがな」

亜香里の気さくな声を受け、時雨が店先の傘立てから愛用の傘を取る。雪を踏みしめて遠ざかっていく後ろ姿を亜香里はガラス越しに笑顔で見送り、「頑張ってるね」と、誰に言うともなく付け足した。

それから二十分ほどが経ち、「ちょっと早いけどもう誰も来ないしそろそろ閉店しても
いいかなー、いいよね、異議なーし」などと亜香里が自問自答していると、ガラス戸が
ゆっくり押し開けられた。

「すみません、もう閉店なんです。……って、なんだ、汀一か」

「おれです。遅くにごめん」

苦笑いしながら入店してきたのは、ボリューミーなダウンジャケットに身を包んだ汀一
だった。また冷え切った部屋で長話をしていたのだろう、例によって顔色は良くない。

「暖かい……！」とカフェ店内の暖気を堪能する汀一に亜香里は呆れた。

「体壊しても知らないよ？　果織ちゃんは帰ったの？」

「うん。時雨は？」

「さっきお使いに出ちゃったところ。時雨に用事？」

「いや、今日はどっちかと言うと亜香里に用事。てか、相談。今いい？」

ダウンを脱ぐ汀一の言葉に亜香里はきょとんと目を丸くした。珍しいこともあるものだ。

「いいけど、ちょっと待っててね。お店閉めちゃうから」

「あ、手伝うよ」

というわけで二人はドアを施錠して準備中のプレートを掛けたり、簡単に店内の掃除を済ませたりした後、カウンター近くのテーブルに向かい合って腰を下ろした。テーブルの上には、亜香里が用意したホットレモネードが二つ、並んで湯気を立てている。

「で、どうしたの」

「う、うん。実は、果織のことなんだけど……あの子、もうすぐ帰らなきゃいけないらしいんだよ」

「そうなの？　でも、帰るってどこに」

「教えてくれないんだよね。そもそも果織は帰るとも言ってなくて、もうそろそろここにはいられなくなる、みたいなことしか言ってないんだけど……。でさ、帰るなら、その前に——明後日の土曜にでも、どこか連れて行ってあげたいんだよ。せっかく金沢に来てるのに、毎日毎日蔵借堂だけってのはもったいないし……あ、今のは蔵借堂を馬鹿にしたわけじゃないからね？」

「言い訳しなくてもいいよ。わたしも汀一の気持ちは分かるし、実際、毎日来るほど面白いところじゃないと思うし。それで、どこ行くの」

「そこなんだよねー」

少し身を乗り出して亜香里が問うと、汀一はしょんぼりと肩を丸め、途方に暮れています、と言いたげな顔をした。

「おれ、半年前に引っ越してきたばっかりで、しかも男子なわけですよ」

「それはよく知ってるけど」

「だから、女子の喜びそうな場所が全然分かんなくてさ。こんなこと亜香里にしか頼れないから……」

「ああ。要するにデートスポットの相談ってわけだ」

結論を先読みした亜香里が合点する。と、笑いかけられた汀一は虚を衝かれたように目を丸くし、慌てて首を左右に振った。

「違う違う！　だからそういうのじゃないって、果織は妹みたいな人だし、てか、おれがデートしたい相手は別にいるって言うか、その……」

視線をちらちら泳がせながら、聞き取れないほど小さな声をぼそぼそと漏らす汀一である。その向かいの席で亜香里は困ったような笑みを浮かべた。

「……なんでうちの男子はみんなこっちに相談してくるかなあ」

「え。なんの話？　もしかして迷惑だった……？」

「ううん、全然」

不安がる汀一をまっすぐ見返し、亜香里はしっかり言い切った。

目の前に座っているこの同い年の人間の少年は、偏屈な同居人の心をほぐしてくれた恩人だし、何より、自分にとっても大事な友人だ。

学校にも仲のいい友達はいるけれど、自分が妖怪であることを明かした上で気楽に付き合える同年代の友人のありがたみというものを、亜香里は汀一と出会って初めて知った。当人がどこまで意識的に振る舞っているかは定かではないし、おそらく自然にやっているのだろうが、汀一は相手が何であれ、臆さず身構えず、普通に応対することができる人間である。お前は他の子供たちとは違うんだ、そのことは隠さないといけないよ、と言い聞かされて育った身としては、普通に接してくれることが嬉しいし、汀一のそんなところが好ましい……と亜香里は思っていた。

まあ、頼りないところも多々あるわけだが、話していると楽しいし落ち着けるし、そんな相手の頼みであれば引き受けないわけにはいかない。念を押すように再度うなずき、亜香里は胸を張った。

「汀一の頼みだしね。果織ちゃん可愛いし、金沢のこと好きになって帰ってほしいし」

「ほんと？　ありがとう亜香里！」

数秒前の気弱そうな表情から一転、汀一の顔に安堵と歓喜の笑みが浮かぶ。そうやって表情をコロコロ変えるところが年下っぽいんだよね、と亜香里は思ったが、それを口に出すと汀一がむくれるので言わないでおく。

「それで、条件とかあるの？」

「なるべく近場で、夕方から夜までの間に行けるところ。あと暑くないところ」

ポケットから取り出したメモ帳とペンを構えながら汀一が言い、なるほど、と亜香里がうなずく。期待に満ちた面持ちの汀一が見つめる先で、亜香里はホットレモネードを一口飲んでから思案し、ややあって抑えた声をぼそっと発した。

「……ごめん。思いつかない」

「え？　いや、そんなことある？　亜香里、地元の人だよね？　で、ここって観光地で、金沢と言えば冬だよね……？」

「そうだけどさ……。そもそもこの時期って、地元民はあんまり出歩かないんだよ。さすがに大晦日とか初詣には神社行ったりするけど」

「まだ十二月になったところなんですけど……。雪国の人って、みんなウインタースポーツやったりするものだと思ってたのに、違うの？　スノーボードとかスケートとか」

「好きな人は行くんだろうけど、そこまでメジャーじゃないかなあ。できる場所も市内にないし」

「じゃあ金沢の人は冬に何するわけ？」

「カニとか鍋とか……？　でもあの子熱いの苦手なんだよね」

「うん。鍋なんかもう絶対無理だと思う。甘酒でも冷まして飲んでたくらいだし。カニは高そうだしなあ……」

律儀にメモの姿勢をキープしたまま汀一が困り果てた声を漏らす。そんな顔をされるとどうにかしてやりたくなってしまうのが人情だ。亜香里は再度眉根を寄せ、数分間悩んだ後にぱっと目を開けた。

「そうだ！　イルミネーションは？」

「イルミネーション……？　もしかして、亜香里の送り提灯の力で街灯を光らせてくれるってこと？　いやそれはさすがに悪いよ」

「そうじゃなくて、香林坊でやってるでしょ」

早合点する汀一を押し止め、亜香里は香林坊のイルミネーションについて説明した。百万石通りの一部、香林坊の交差点から武蔵の方角に向かうあたりの街路樹が電飾で飾られるあのイベントは、この時期の金沢の名物の一つであり、わざわざ見に来る人も結構多いのである。それを聞いた汀一は、ああ、と思い出したようにうなずいた。

「そういやバスで通った時に見たよ。降りて歩いたことはないけど」

「見上げてみると結構感動するよ。天気がいいと空気が澄んでて綺麗だし、雪が降っててもそれはそれで綺麗だし……。吹雪いてるとそれどころじゃないけど、寒波はさすがにそろそろもう終わりって天気予報で言ってたから、天気は大丈夫じゃないかな。ただ、外だから寒いけど」

「それなら大丈夫！　果織は寒い方が喜ぶよ」

あっけらかんと汀一が笑う。わたしは汀一のことを気遣ってるんだけどね。亜香里は感心しつつ呆れ、「だったら」と笑顔で言い足した。親しい相手のデートコースを考えるというのは案外楽しいものである。

「ただイルミネーション見るだけって寂しいし、近くで軽くお茶してから行くのはどう？　夕方くらい、暗くなる前に待ち合わせして」

「あ、いいかも！　さすが亜香里！　いや、でもお茶か……。果織、熱いのは駄目だからなあ……」

「熱くないのも色々あるでしょ。あのへんだったら、せせらぎ通りのチョコレートケーキとか。ほら、汀一知ってるよね？　前に話してた」

「あー、あそこか！　うん、一度行きたいって思ってたところだ。そっか、確かに近いもんね。じゃあまずせせらぎ通りに――」

意気込んだ汀一がペンを握ってメモ帳に向き直る。うきうきしながら予定を書きつけるその姿を、亜香里は微笑ましく見守った。

＊　＊　＊

その翌々日の土曜の午後。蔵借堂の前で汀一は果織を待っていた。

天気予報通り、寒波は既に去りつつあった。街路のところどころには積み上げられた雪の塊がまだ溶け残っているものの、アスファルトは露出しているし、空も空気も澄んでいる。もっとも気温はまだ低く、汀一はダウンジャケットに包んだ体をぶるっと震わせた。

「寒い……」

「当たり前だ。中で待っていればいいものを」

「今日は暖房入れちゃってるから、果織ちゃんは入れないもんね。優しいのはいいけど、風邪引かないようにね」

　呆れ顔の時雨がドライな声を発し、亜香里が微笑む。店先で自分を見守る友人二人のコメントに、汀一は「うんまあ、ありがとう」などと曖昧に応じ、その上で不審そうに目を細めた。

「てか、なんで二人ともここにいるわけ？　見られてるみたいですごい恥ずかしいんだけど……。お店の方はいいの」

「用事があれば行っている」

「同じくです。せっかくだし見送ってあげようと思って……あ、果織ちゃん来たよ！」

　亜香里が汀一の後ろを指し示す。それに汀一が釣られて振り返ると、暗がり坂に通じる細い道を歩いてくる小柄な少女の姿が目に映った。

　空色のダッフルコートにロシア風の帽子、紺色のマフラーに白いタイツ。昨日までと同じ、汀一にとってはすっかり見慣れた出で立ちだが、陰り始めた夕日のせいか、あるいはどこか緊張した面持ちや薄く紅潮した頬のせいか、今日の果織はなぜかいつもより華やいで見え、汀一ははっと息を呑んだ。顔を赤らめて固まる汀一の前に、果織はおずおずと歩み寄り、軽く頭を下げた。

「こ、こんにちは……。お待たせしました、汀一さん」

「いやいや全然待ってないから！　その——晴れて良かったね」

「ほんとですね。あっ。亜香里さんと時雨さんも、こんにちは！」

「うん、こんにちは」

「こんにちは。いつも汀一がお世話になっている」

愛想よく応じる亜香里に続き、汀一が礼儀正しく一礼する。果織はわたわたと「いえそんなこちらこそ」と挨拶を返し、その上で汀一に向き直った。見上げられた汀一が親しみを込めて笑い返す。

「じゃ、行こうか」

「はい！」

果織が汀一に自然に寄り添い、二人が揃って時雨たちに振り返る。「行ってきます」とはにかんで告げる初々しい二人に、亜香里は軽く手を振った。

「行ってらっしゃい。気を付けてね」

「折り畳み傘は持ったな？　ハンカチと財布と携帯と常備薬は」

「お母さんかお前は。常備薬は持ってないけどいらないだろ」

腕を組む時雨に言い返し、汀一は蔵借堂に背を向けて歩き出した。果織がその隣に嬉しそうに並んで歩調を合わせる。

「イルミネーションを見るんですよね？　でも、まだ明るいですけど……」

「だから、その前に近くのチョコレートのお店に行こうと思ってるんだ。どう？」

「チョコレート……ですか？」

「うん。チョコなら冷たいから果織も大丈夫だよね？　ケーキが有名なお店で、地元の人は、ちょっといいことがあったり、奮発したい時に行くんだって」

「素敵ですね……！　汀一さんはいらしたことあるんですか」

「実はないんだよねー。噂は聞いてたし、前を通ったことも何度もあるけど、ちょっと高級な感じだからハードルが高くって……。だから今日が初めてで」

「わあ！　それは楽しみですね！」

「うん。すごく楽しみ」

　仲睦まじく言葉を交わし、大小二つの小柄な背中が蔵借堂から遠のいていく。まったく、二人セットで可愛いことで。亜香里は汀一たちを微笑ましく見送り、二人が角を曲がって見えなくなったあたりでようやく隣に――すなわち、ずっと難しい顔をしたままの時雨に冷ややかな目を向けた。

「ほんっと大人げない。まだ汀一取られて妬いてるの？」

「だから違う」

「じゃあ何？　果織ちゃんが汀一を狙う危険な妖怪だってまだ疑ってるの？　あの子は多分平和的な雪女でしょってことで落ち着いたじゃない」

「それは亜香里が勝手に決めた結論で、僕は同意していないぞ。確かに、僕も彼女が悪い妖怪だとは思わないし思えないが――それでもやはり、どうにも嫌な予感が拭えないんだ。

具体的に何がとは言えないんだが……」

上手く説明できないのだろう、時雨はすっきりしない様子で首を左右に振り、心配そうな視線を汀一たちが去った道へと向けた。時雨の妙な勘の良さは亜香里も知っているわけで、そう言われると少し不安になってくる。思わず汀一たちを案じていると、二人で見つめていた道の先から、クラシカルな二重回しを羽織った人影が現れた。

「おや。これはこれは、向井崎くんも濡神くんもお揃いで」

「小春木先輩？　こんにちは」

「いつもお世話になっております」

いつものように着物姿、ただし足下だけはブーツな祐に、亜香里が気さくに挨拶し、時雨が丁重に頭を下げる。眼鏡の似合う亜香里の上級生にして「つくも」の常連客、書物の精の血を引く長身の少年は会釈で二人に応じ、手にした白い文庫本を自慢げに掲げた。真新しい背表紙には「泉鏡花」の文字が記されている。

「記念館で新しいのが出ましたのでね、カフェで読ませていただこうと思いまして」

「『新しいの』？　泉鏡花の新作が今になって出るとは思えないのですが」

「むろん新装版です」

「じゃあ先輩は内容知ってるんじゃないですか……？」

「当然熟知しています。ですが本は装丁が違うともう別物なのですよ」

「ははあ」

「そういうものなのですか……？」

　マニアにしか分からない喜びに、どちらからともなく顔を見交わす亜香里と時雨。祐はそのまま軽やかな足取りで「つくも」に入店しようとしたが、ふいに足を止め、来た道を振り返って顔を曇らせた。どうしたんです、と亜香里が問うと、祐は眼鏡越しの視線を来し方に向けたまま続けた。

「ここに来る途中、葛城くんに会ったのです。あの少女と一緒で、二人はとても幸せそうでした。まるで仲のいい兄妹のようで……」

「ああ。ついさっき出かけたところですからね」

「しかし、それが何か？」

「ええ。こんなことを言っていいのか分かりませんが……彼女と彼のこれからを思うと、やはり不憫で」

　やるかたなしと言いたげに肩をすくめ、整った顔を曇らせる祐。その姿を前に時雨と亜香里は再び顔を見交わした。「不憫」？

「どういうことです。小春木先輩？　あの子は雪女じゃないんですか？」

「雪女？　……ということは、まさかお二人とも気付いていなかったのですか？」

　戸惑う亜香里と時雨を祐が意外そうに見返す。気付いていなかったって何にです。時雨がそう問うよりも早く、祐は——妖怪の本質を見抜いてしまう目を持った少年は——辛そうに首を振り、口を開いた。

「彼女は――」

＊　＊　＊

その日の夜、時雨は一人、イルミネーションでにぎわう香林坊に足を運んだ。

しばらくぶりの雪の降らない夜、しかも週末とあって人出は多く、雪のほとんど消えた通りには浮ついた華やかな空気が流れていた。

照明の施された街路樹を見上げて写真を撮るカップルや親子連れ、スマホ片手に目当ての居酒屋を探す観光客、カラオケに向かう学生グループなどなどが行き交う中、傘を提げた時雨は神妙な顔で四方に目を配っていたが、やがて、喧騒から少し外れた場所、百貨店前の大理石のベンチにぽつんと座る汀一の姿を捉えると、無言でそこに歩み寄った。

「ここにいたか」

「えっ？　……ああ、時雨か」

時雨の呼びかけに汀一が顔を上げる。その重たい反応と動作、そして消沈した表情を見て、やはり、と時雨は内心でつぶやいた。推測が当たってしまったらしい。

「どうしたの」と汀一が問う。時雨は「家に電話したが、まだ帰っていないとのことだったからな」とだけ答え、それから、少し間を空けて口を開いた。

「彼女は、もう行ったのか」

「――うん」

「……消えたんだな」

「うん。消えた」

　時雨の端的な問いかけに汀一がこくりと首肯する。飄々とした受け答えだが、その実、何かを必死に堪えているのが時雨にはありありと見て取れて、胸がぐっと痛んだ。

　隣いいか、と目線で問うと、汀一がうなずき少し右に寄る。その左隣に腰を下ろし、友人の横顔をちらりと見た上で、時雨は再度声を発した。

「彼女は――志鎌果織さんは、氷柱女だったんだ」

「……知ってる。果織が、最後に教えてくれた」

　汀一が肩を震わせながら言い、そうか、とだけ時雨は応じた。知っているなら事細かに説明する必要はない。

　氷柱女とは、名前の通り氷柱を本性とする女性の姿の妖怪である。東北や北陸の各地に伝わり、氷柱の美しさに魅せられたものの前に現れるなどと言われている。

　かの雪女と同じく、冬の雪国に現れる氷雪系の女性型の怪異だが、雪女が雪の脅威を体現するかのように冷気を操って人に危害を加えるのに対し、氷柱女はいっさいの害意を有さない。不義理を働かれた場合は巨大な氷柱に変わって相手を突き刺すという伝承もあるにはあるが、人として真っ当な対応を取っている限り敵意を見せることはない。氷柱女は、人懐こく優しい恥ずかしがり屋という、ただそれだけの妖怪なのだ。

また、氷柱女と雪女には、性格の他にもう一点差異がある。氷柱女は、冬の間、あるいは寒気の続いている間だけしか現世に存在できないのだ。昔話では、暖かくなると姿を消す、風呂に入らされて溶けてしまう、といった結末が付き物となっている。

優しさと親しみをもって他者に接し、与えられる優しさを享受し、そして唐突に去っていく——。そんな妖怪もいるんだな、ということを、時雨は改めて噛み締めた。

「……考えてみれば、志鎌果織という名前がそもそもヒントだったんだな。『しがま』は氷柱を意味する津軽の方言だし、『かおり』は氷柱を意味する越後の方言『かねこおり』を縮めたものだろう」

「なるほどね……。ああ、そうそう。果織から伝言があるんだ」

「僕に？」

「うん。てか、時雨と亜香里に。優しくしてくれたのに、警戒しちゃってごめんなさいって言っておいてくれ、って。もう私は……会えない、から、って」

汀一の言葉が途切れ、その目に大きな涙が一粒浮かんだ。何も言えないままの時雨が見つめる先で、汀一の肩がいっそう震え、悲痛な声が街路に響く。

「果織……最後にさ、ずっと相手してくれて、すごく楽しかったって言ったんだよ。本当のお兄さんができたみたいだった、ありがとう、って……楽しかったのはおれの方でさ……おれ、なんにもしてやれなかったのに……！　なのにあの子、ニコニコして、でもちょっと泣いてて……もっとここにいられればいいのに、って……！」

「……妖怪には、顕現できる時間が限られているものもいる。小春木さんの母のように」

「知ってるよ。知ってるし……小春木さんのお父さんが言ってた、いなくなったことの悲しみより、いてくれた間の幸せの方が大きいっていうのも、今ならすごくよく分かる……。分かるけど……でも……！」

うつむいたままの汀一が膝の上で拳をぎゅっと強く握った。

ずっと抑えていたものが噴き出しつつあるのだろう。むせび、震える声は次第に大きくなっていき、週末の夜の繁華街に似つかわしくないその声に、足を止めて目を向ける通行人たちも増えてくる。見られているのが分かっている汀一は必死に耐えようとするが、顔を上げることも、声を止めることもできないままだ。

その様子を見て取った時雨は、ベンチに立てかけておいた自分の傘を取り、無言のまま二人の上で開いた。え、と汀一が時雨に目を――真っ赤になった涙目を――向ける。

「なんで？　雨も雪も降ってないけど……」

「傘を使って気配を消した。今ここでなら、大声を出そうが泣きわめこうが、人目を集めることはない。……僕にしてやれるのは、せいぜいこれくらいだからな。ささやかな恩返しと思ってほしい」

「時雨……」

「気持ちは分かる、などとおこがましいことを言うつもりはない。でもな」

そう言って時雨は、傘を持っていない方の手を汀一の震える拳にそっと乗せた。

「今は、我慢しなくて大丈夫だ」

抑えた声でそう告げると、それがきっかけになったのだろう、汀一は大きく息を呑み、差し出された時雨の手をすがるように引っ摑んだ。ありがとうっ、と短く唸った声に続き、大粒の涙がぼろぼろと落ちる。

「果織……！」

時雨の手を握り締めたまま汀一は泣いた。時雨は、半年ほど前、ずっと好きだった人が結婚式を挙げた夜、汀一にすがりついて泣いたことを思いだし、今日は逆だな、と思った。


やがて通りの人影がまばらになり、イルミネーションも消える頃、汀一はようやく時雨から手を離し、泣き腫らした顔を上げた。

結構な時間摑まれ続けていたので、時雨の手首と手の甲には汀一の指の痕がくっきりと残ってしまっているし、痺れも残っている。こわばった五指を開閉してほぐしながら、時雨は赤い目の友人を見た。

「まったく。強く握りすぎだ」

「ごめんね。でも、おかげで少しはすっきりしたよ」

「もう大丈夫か？」

「……多分、とりあえず今のところは。また泣きそうな気はするけど」

「正直だな……。だがまあ、君らしいと言えば君らしい」

　呆れつつも安堵し、時雨は傘を下ろした。イルミネーションが消灯された通りでは、街灯と深夜営業の店の看板だけが静かな百万石通りを照らしている。帰ろうか、と時雨が促すと、汀一はうなずいて立ち上がった。

　けろっとした顔を見せてはいるが、自分で言った通りまだまだ吹っ切れていないのだろう、動作が逐一重いし痛ましい。時雨は少し考え、傘をすぼめながら口を開いた。

「汀一」

「ん。何？」

「さっきは言わなかったことだが……僕ら妖怪はそれぞれのルール、言い換えれば、伝承や記録という名の設定に縛られている。そして、一旦消えた妖怪が条件次第で再び顕現することはあるものの、その場合、基本的に記憶や人格は持ち越されない。僕にかつての唐傘お化けの記憶がなく、亜香里に江戸時代の七不思議としての記憶がないように」

「それは知ってるけど……。急にどうしたの？」

「氷柱女には、『また翌年に来る』という話があるんだ」

　数時間前に祐から果織の正体を聞かされた後、自宅の蔵書やネット上のデータベース、さらに小春木家の文書庫まで漁って見つけた話を時雨は静かに口にした。

　え、と汀一が眉をひそめる。

「『また』？　どういうこと」

「そのままの意味だ。氷柱のように美しい娘と夫婦になりたいと願った男の前に現れ、春になって消えてしまった女性が……言うまでもなく、これが氷柱女だったんだが、人格も記憶も持ち越したまま、次の冬にまたやってきたという話があるんだ。無論、氷柱女は消えてしまってそれっきりという事例が圧倒的に多く、再訪してくる話はかなり希少なんだが――だが、なくはない。つまり……」

「……そっか」

あまりにも淡い可能性であるとはよく分かっているのだろう。「来年の冬に果織と再会できるかもしれないんだ」とは口にしないまま、汀一はこの夜初めて笑い、澄んだ空を見上げて目尻をぬぐった。

「ありがとう、時雨！」

「何？　いや、今回は僕は別に何もしていないが」

「その話を教えてくれたろ？　それにさ、今もずっと隣にいてくれた」

「そんなことが――」

「充分すぎるくらい充分だよ。てかさ、時雨、これで借りを返せたか、みたいなことをちょくちょく言うけど、それもう大丈夫だからね？」

「大丈夫とは……？」

「いてくれるだけでおれは充分ありがたいってこと。友達ってそんなもんだろ」

訝る時雨に汀一が言う。そのあっさりした明言に、時雨は一瞬きょとんとした後、そんなものか、と得心した。性格柄、恩の売り買いやら貸し借りやらといったことを考えてしまっていたが、言われてみれば案外そんなものかもしれない。

「いるだけで充分、か。そんなことは考えたこともなかったが……分かった」

腑に落ちた顔で時雨がうなずく。

と、汀一はふいに不安げに顔を曇らせ、「……いなくならないよな？」と尋ねてきた。果織が去った直後なのでナーバスになっているようだ。呆れた時雨が「当たり前だ」と即答すると、汀一は「良かった」と盛大に胸を撫で下ろし、嬉しそうにまた笑った。

カネコオリとは越後の方言で「つらら」のことです。新潟県内では各地に「カネコオリ娘」が登場する昔話があります。その内容は、寒い雪の日に見知らぬ娘が訪ねてきて、家の人が気の毒に思って囲炉裏で温めたり、風呂に入れたりすると、消えてしまうという、たあいのないものです。

雪女と違って人を凍えさせるわけでもなく、襲ってくるわけでもなく、全くおとなしくて何のために現れる存在なのかわかりません。

(「新潟の妖怪」より)

第五話　狭霧の宿

　畳の上に足を投げ出した姿勢のまま瓶に入った柚子サイダーを一気に飲み干すと、ぷはあ、と大きな息が漏れた。温泉で火照った体に甘みと酸味と水分がじんわり染み渡っていく。その心地よさを堪能しながら、汀一は空き瓶を休憩スペースのテーブルに置き、首に掛けたタオルでまだ少し濡れていた襟足を拭った。

「いやー、明るいうちから風呂入ると、バカンス！　って感じがするよね」

「そうか？　バカンスと言われると、僕は南の海などをイメージしてしまうが」

「言わんとすることは分かりますよ。入浴自体は日常的な行いですけど、普段と違う時間、しかも温泉ともなると大いに非日常感がありますからね」

　Tシャツ姿の汀一の言葉に、ミネラルウォーターのボトルを手にした時雨が軽く眉をひそめ、文庫本を開いていた祐が穏やかに応じる。

　二人ともまだ体が熱いのだろう、汀一の隣で正座している時雨はシャツの襟元を大きく開けており、竹製のリクライニングチェアでリラックス中の祐は紺の着物一枚を着ているだけだ。

　いずれも痩身の少年ではあるが、時雨が定規で引いた線めいたまっすぐな印象を与えるのに対し、肩幅も小さく髪の長い祐は水墨画の描線のように柔らかい。姿勢や体格には性格の違いが出るのだなあと、そんな当たり前のことを改めて思い、汀一は「そうそれ」と祐にうなずいた。

「非日常感ですよ。それが言いたかったんです」

「ならそう言えばいいだろう」

「二人と違っておれは語彙が少ないの！　しかし温泉いいよね。平日だから、おれたち以外誰もいないし……」

　呆れる時雨に切り返し、汀一は壁に貼られた「ようこそ　金沢の奥座敷　湯涌（ゆわく）温泉へ」のポスターに目をやった。

　高校が冬休みに入って数日後のこの日、汀一は蔵借堂の面々や祐とともに、ここ湯涌温泉を訪れていた。

　そもそもの発端は、先週、市内のとある茶道教室から入った買取の依頼であった。先生がもう歳なので、廃業だか引退だか、要するに教室を閉めるため、教室で使っていた諸々を買い取ってもらえまいか……という相談であり、蔵借堂は中古ながら物のいい茶釜や茶道具を一式買い入れたのだが、この時、茶道に使う炭も大量に仕入れることになった。

　軽トラの荷台に積み上げられた段ボール箱を見て、こんなもの売れるのだろうかと汀一は訝ったのだが、瀬戸の人脈であっさりと買い手は見つかり、それがこの湯涌温泉にある老舗旅館なのであった。火種として火鉢や料理に使ったり、ご飯を炊く時に入れたりと、案外使い道は多いらしい。

「量が多いからさ、積み下ろしに人手が欲しいんだよね。蒼十郎はその日別件で用事があるし……。時雨くんと亜香里ちゃんは手伝ってくれるって言ってるんだけど、葛城くんに小春木くんも手伝ってもらえないかな。下ろしちゃえば後は暇だし、納入先は温泉街だし、お風呂入って夕食食べて、日帰り旅行気分でゆっくりと。どう？」

そう瀬戸に提案された汀一は祐ともどもあっさり承諾し、かくして汀一と時雨と亜香里、祐も加えた一行は、瀬戸の運転するバンで、金沢市の南東に位置する温泉街へ向かった。

海と山に挟まれた街である金沢は、市の中心部から少し離れるだけで景色ががらりと一変する。この湯涌温泉に来る時も、見知った区域を出た途端にいきなりあたりが山地になった。頂に雪を被った山の斜面に果樹園や田畑がどこまでも広がり、二車線だけの細い道が稜線に沿ってゆるやかにカーブしながら延びる風景は、汀一が普段親しんでいる市街とはまるで違った。

もっとも、風景や雰囲気こそ違えど、そこは同じ市の中なのでそれほど移動に時間はかからない。四十分ほどで納入先の旅館に到着した一同は、炭の荷下ろしをあっさり終わらせ、「顔なじみと会って用事を済ませてくるから、夕食まで自由時間ね」と告げた瀬戸と別れ、「日帰り入浴可」と大書されたこの温泉にやってきたのであった。

月初めの寒波が去って以来、金沢は好天が続いており、窓の外はスカッと晴れている。果織の思い出に胸を少し痛めつつ、汀一は番台脇の「女湯」ののれんに目をやった。

「亜香里まだかなー。一緒にぶらぶらしたいのに」

「まだ当分だろうな。何せ、あいつの風呂はおそろしく長い」

「え。時雨なんでそんなこと知ってるの？」

「一緒に住んでいるからだ」

オーバーに驚いてみせた汀一に時雨が心底ドライに応じる。汀一は「知ってた」と羨ましそうに笑い、だったらもうしばらく待つか、と再度窓に目をやった。

少し雲った窓ガラスの向こうには、傾斜した細い道を挟んで、昔ながらの温泉旅館や土産物店などが軒を並べている。足湯からは湯気が立ち上り、山肌には小さな神社。いかにも絵にかいたような温泉街だなあと汀一は改めて思った。

「こういういかにもな温泉街って、おれ初めて来たかも」

「このあたりは特にノスタルジックですよね。ひなびていると言いますか、昭和を偲ばせると言いますか……。川を渡るとまた様相が変わるんですけどね。あちらは大きなホテルや旅館も多いですし、江戸村のようなテーマパークもあります」

「へー。小春木さん前に来たことあるんですか」

「中学の頃、竹久夢二（たけひさゆめじ）の記念館を目当てに来たんですよ。この湯涌温泉は、大正を代表するロマン画家・竹久夢二が恋人と過ごした場所なんです。記念館だけでなく、その風景も見ておきたかったのですが……あの時はバスで来たので、本数が少なくて大変でした」

「車がないと辛いですね、ここは」

肩をすくめる祐に時雨が同意する。汀一は二人の会話に相槌を打ち、それにしても渋い中学生だと感心した。さすが普段着として着物を着こなすだけのことはある。

「にしても、『湯涌』って分かりやすい名前ですよね。正しく温泉って感じで」

「確かに。鏡花の『女仙前記』を思い起こさせる風流な名前ですよね」

「にょせんぜんき……？」

「明治三十五年に書かれた後期鏡花の代表作の一つです。続編の『きぬ〴〵川─女仙後記』と繋がって一つの物語を構成する作品で、あれの舞台が『湯湧温泉』なんですよ。作中の地名は『湯水』の『湯』に『湧水』の『湧』なので、ここの湯涌とは字が少し違いますが……。葛城くんは読まれていませんでしたか？」

「え、ええ……。おれ、泉鏡花は『高野聖』と『夜叉ヶ池』、あとは短いのをいくつか読んだだけなので……。時雨は読んだ？」

「読んでいる。平たく言えば、異界に住む麗人と呼ばれる不思議な女性と、その女性に導かれ救われる不幸な人たちの物語だ。救われるのはいずれも女性で、それぞれ理不尽な不幸に苦しめられているんだが、恋人がいて現世に幸福を求めた己代だけは異界へ誘われることはなく……」

「その人はこっちの世界で幸せになりました、みたいな？」

「いや。ままならない現世で辛さを抱えながら異界への導きを待ち続けるが、それは永遠にやってこないというオチだ」

「重いなあ……。てか、異界に住んでる不思議な女性が不幸な女の人を助けるのって『夜叉ヶ池』と似てるね」

　時雨の解説を受けた汀一がなけなしの知識でコメントすると、それを聞いた祐は読みかけの本を勢いよく閉じ、リクライニングチェアから立ち上がった。え、何？　たじろぐ汀一と時雨の見上げる先で、鏡花マニアの少年の丸眼鏡がギラリと光る。

「いいですね。大変いいところに気が付きました」

「……な、何がです？」

「異界に住まう異様な女性というのは、『女仙前記』や『夜叉ヶ池』のみならず、鏡花の作品を貫く重要な共通モチーフなのです。深山に住まい訪れた男を動物に変える『高野聖』の『嬢様』や『婦人（をんな）』と呼ばれる女性はその好例ですし、『眉かくしの霊』の『奥様』もそうだと言えますすね？」

「それも読んでないので『言えますすね』と聞かれても困るんですが……。時雨は？」

「『眉かくしの霊』か？　読むには読んだ。池に住む『奥様』と呼ばれる存在の起こす怪現象を扱った作品で、『奥様』は言及されるだけで最後まで作中には登場しないんだが……どうも、何が語られているのかよく分からなかった」

「そうそう、後期鏡花の幻想文学は分かりにくいんですよね。それが魅力でもあるんですが……。その他、『蓑谷』などにも迷い込んで来た男と出会う不思議な女性が登場しますし、また、『高野聖』の『嬢様』、『夜叉ヶ池』の『白雪姫』、『天守物語』の『富姫』のように、元は普通の人間でありながら異質な存在へと生まれ変わった女性――いわゆる姫神（ひめがみ）

的存在も、鏡花が大いに好んだところでした。これについてどう思われますか？」

休憩スペースに腰を下ろした祐が身を乗り出して問いかける。日帰りとはいえ旅先だからだろうか、普段より若干テンションが高い祐を前に、汀一と時雨は顔を見合わせた。まず口を開いたのは、比較的鏡花を読み込んでいる時雨である。

「そうですね……。泉鏡花といえば、一般的には、幻想小説と花柳小説の人ですよね。つまり怪異と女性は鏡花が好んだ二大テーマであり、異界の女や姫神といったモチーフはその二つの属性を併せ持っているわけだから、それらを扱った作品が多いのはある意味必然かと」

「時雨お前凄いな！　よくそんなことすら言えるね」

「やめてくれ恥ずかしい。別に大したことは言っていないぞ」

「いやいや、面白い考察だと思いますよ。しかしそれは、怪異でありつつ女性というテーマが多い理由であって、鏡花が怪異と女性を好んだ理由ではないですよね。葛城くんはどう考えます？」

「おれ？　えーと……あ、そうだ。泉鏡花って確か、お母さんから聞いた話が物語の世界に触れるきっかけで、そのお母さんを子供の頃に亡くしてるんですよね？　だから、不思議な世界に連れてってくれる凄い女の人、みたいなものへの漠然とした憧れがあって、それが作風に出た……とか？」

再度なけなしの知識を振り絞って汀一が答えると、祐は満足そうににこりと微笑み、うなずいた。適当極まる回答だったがどうやら悪くはなかったらしい。

「ぼくもそう思います。実際、鏡花の作品に繰り返し描かれる超然的な女性像は、亡き母への思いに裏打ちされたものであるというのは、多くの研究者も指摘しているところですよね」

「ああ、それは分かります。鏡花作品のヒロインは年上の既婚者が多いですし……」

「時雨と好みが似てるね」

「だから僕は別に年上で既婚者であればいいというわけではないんだが？」

思わず素直につぶやいた汀一を時雨がキッと横目で睨む。一方、祐は時雨の女性の好みには一切興味がないようで、眉を少しだけ寄せて「しかし」と続けた。

「本当にそれだけなのかともぼくは思うのですよ。山中や水辺の超越的な女性というモチーフを鏡花が描き続けた背景には、もっと強烈な理由が……何か、イメージの源泉たる存在があったのではないか、とも……」

「イメージの源泉？　元ネタってことですか？　それって具体的には」

「分かりません。ですが鏡花は、迷信家ではなくむしろ合理主義者でありながら、近代的合理思想の時代の中でも妖怪を扱い続けた稀有な作家です。彼が怪異を描くことは、当時決して受け入れられていたわけではなく、むしろ非難されていた。かの夏目漱石（なつめそうせき）も、鏡花の『海異記』を評した私的なメモに『奇を求めて已まざれば怪に陥る、怪に陥れば美を失す』と記しており、妖怪ジャンルからの脱却を勧めていたようです。にもかかわらず鏡花は独自の観点で怪異と、それを司る不思議な女性を描き続けたわけで、そこには何かはっきりとした理由があったのではないかと、ぼくはかねてから思っているところなのですよ。たとえば前期の代表作――」

三人しかいない畳敷きの休憩スペースに祐の語りがエンドレスに響く。具体的で詳細で熱の入った講義に、時雨と汀一は時折相槌を打ちながら耳を傾け続け、やがて祐が一旦話を締めくくったあたりで汀一は再度番台の方を見やった。

「……にしても、亜香里ほんとに来ないね」

「だから亜香里の風呂は長いと言ったろう。多分まだ折り返し地点くらいだ」

「え。そんな長いの？」

「長い。僕は亜香里が風呂に入って出てくるまでの間に映画を見終えたことが何度もある。しかも今日は温泉だからな……。あと一時間は確実に出てこないと思うぞ」

驚く汀一にうんざりした顔の時雨が切り返す。家族同然の間柄だからこそ言える重みのある言葉に、なるほど、と汀一はうなずき、考えた。亜香里をここで待ちたい気持ちは大いにあるが、かと言って……。

「せっかく温泉街に来てるのに、ここであと一時間潰すのはもったいないような……」

「なら、向井崎くんの携帯に、出たら連絡してくれるようメッセージを入れておくのはどうですか？　それならすぐ合流できるでしょうし、実を言えばぼくも外の空気を吸って体を冷やしたくて」

「無理もないと思います。熱弁でしたからね」

「お恥ずかしい……。同年代の方を相手にこんな話ができる機会はそうそうないので、つい嬉しくなってしまって」

時雨に見返された祐が恥ずかしそうに苦笑し、それでどうです、と汀一に向き直る。汀一にも異論はない。というわけで汀一は亜香里にメッセージを入れ、上着を着込んで立ち上がった。


その後汀一たちは温泉街をぶらぶらと当てもなく散策した。

「小春木さんの着物、いいですね。いかにも温泉に来た客って感じで」

「普段着なのですが、こういうところだと浮かないからありがたいですね。しかし濡神くんはなぜ傘を？　今日は降らないと思いますが」

「これがないと落ち着かないので……」

そんな会話を交わしつつ、時に買い食いなどをしながら通りの突き当たりまで進むと、ふいに視界が大きく開けた。

坂を上った先にあったのは、運動場ほどの広さの湖であった。ほとりに「玉泉湖（ぎょくせんこ）」と記された看板が立てられたその湖の水面は鏡のように穏やかで、周囲の木々の姿がしっかり映り込んでいる。汀一は「へえ」と唸って目を見張った。

「綺麗なところですね……！　水が澄んでて、静かで……」

「確かに。ぼくが前に来た時は夏でしたから、蛙が賑やかだったのですが……年の瀬ともなるとこんなに静謐なのですね」

汀一の感想に祐が同意する。その言葉通り、観光地の一角にあるとは思えないほどにあたりは静まりかえっており、聞こえるのは湖から流れ出す川の音くらいのものだ。玉泉湖の周囲には遊歩道が敷かれ、右手の奥には、藁ぶきの屋根だけが直接地面に置かれたような建築物が見えている。看板の傍の案内図を見ていた時雨が「氷室か」とつぶやいた。

「氷室？」

「冬の間に雪を入れて夏まで保管するための施設だ。七月の初めに開かれ、その時に金沢市内では饅頭を配る。汀一も貰っていただろう」

「ああ、あれか」

時雨の説明に相槌を打ち、汀一は夏にいきなり饅頭を渡されて面食らったことを回想した。改めて思い返してみてもよく分からない風習である。

と、気持ち良さそうにあたりを眺めていた祐が「せっかくなのでぐるっと回ってみましょう」と歩き出し、傘を提げた時雨が、ですね、と続いた。汀一は、さすがに少し冷えてきたのでダウンジャケットのファスナーを閉め、亜香里からまだ連絡が来ていないことを確かめて二人に並んだ。

冬場の綺麗な水場ならではの澄んだ空気が風呂上がりの体に心地よい。三人は、森や湖、それに氷室や小さな社などを眺めながら湖畔の遊歩道をのんびり歩き、そして、湖に流れ込むせせらぎを辿って林道を少し進んだあたりで、ふと時雨が訝った。

「……霧が出てきたな」

その言葉通り、いつの間にか三人の周囲にはミルク色の霧が漂い始めていた。濃霧と言う程ではないにせよ、霧は陽光を遮るため、鬱蒼（うっそう）とした木立と相まって見通しが格段に悪くなる。心細さを覚えた汀一が思わず立ち止まると、その足下を何かががさがさと走り抜けた。

「ひゃっ？」

「どうした急に？」

「今何かがサーッと走って……。細くて長かったし、多分蛇」

「蛇？　爬虫類は冬眠している季節ですが……」

「ですね。イタチか何かの見間違いじゃないのか？」

祐の言葉に時雨が冷静に賛同する。汀一は「蛇っぽかったけどなあ」とぼそりと漏らし、何かが駆け抜けていった先、薄暗い森の奥へ目をやり、ついでに耳を澄ました。この森は野生動物が多いようで、白く濁った霧の中からは鳥の鳴き声や獣が草を掻き分ける音などが聞こえてくる。熊が出るかも、とふと思ってしまい、汀一は弱気な声をぼそりと発した。

「そろそろ戻りません？　あんまり湖から離れちゃうと――」

二人に語りかける声を途切れさせ、汀一ははっと絶句した。汀一が振り返った先には、木立越しに見えていたはずの玉泉湖も、そのさらに向こうに広がっていた湯涌温泉の街並も見当たらず、濃い霧をまとった森がどこまでも続いていたのだ。

「嘘!?　なんで？　おれたちそんな歩いてないよね？」

「あ、ああ……。森に入ってせいぜい十分足らずのはずだ。なのに」

「にもかかわらず、我々は深い森の中にいる。これは一体……」

　狼狽する汀一の前で時雨が戸惑い、祐が大きく眉をひそめる。自分だけでなくこの二人にとっても異常な事態が起きているらしいと気付き、汀一はいっそう困惑した。

「何これ？　こういう妖怪？」

「道に惑わせる妖怪はいるにはいるが……しかし、そんなものがいきなり出るだろうか。小春木さん、どうです？　その目で何か見えませんか」

「あいにくぼくの目は、怪異の主体を前にしないと機能しないのですよ。なので今何が起こっているのかはさっぱりで……いやはや、面目次第もありません」

「いやそんな、だったらおれなんかもっと役に立ってないわけですし……。あ、そうだ！　亜香里か瀬戸さんに電話して」

「あいにく圏外だ」

　汀一が思い付きを言い終える前に、時雨がスマホをかざして肩をすくめた。汀一と祐の端末も同じく圏外であり、一同は顔を見合わせ、「ここに立っていても仕方ないですし、ひとまず林道を辿ってみるというのはどうでしょう」「ですね。どこかに行き着くかも」「了解です」という協議を経て歩き出した。

湿った落ち葉を踏んで進みながら、とりあえずこの二人と一緒だったのは運が良かったな、と汀一は思った。自分だけならパニックになっていたに違いない。

そのまま三人は黙々と薄暗く霧深い林道を進んだ。まだ日暮れまでは数時間あったはずなのに、あたりはどんどん暗くなり、それに連れて動物たちの気配も濃くなっていく。羽音や声を響かせるだけではなく、姿を見せるものも増えていき、大きな羽虫や甲虫が蝙蝠とともに飛び、頭上からは蛭が落下し、猿の群れが木の枝を渡っていった。さらには、冬眠しているはずの蛇や蛙が道を横切り、湯涌温泉の近くにいるはずのない高山動物——オコジョやライチョウなど——までもが姿を見せるに至り、三人はいよいよ戸惑った。

「絶対おかしいよね、これ」

「おかしいと言えば、温泉街が見えなくなっていた時点で充分おかしいぞ」

「それはそうなんだけどさ。小春木さんはどう思います?」

「昼間でもなお薄暗い、蛭の落ちてくるような怪しい森……。鏡花の『高野聖』の導入部を思い出しますね」

「なんでちょっとわくわくしてるんです?」

そのままどれくらい歩いただろうか。もしかして永遠に森から出られないんじゃないかと汀一が不安を覚え始めた頃、唐突に森が途切れ、立派な川が現れた。

向こう岸まで二、三十メートルはあろうかという堂々たる大河である。両岸には自動車サイズの大きな岩がごろごろと連なり、川面には、水に削られたのか上流から転がってきたのか、奇妙な形の岩がところどころに顔を出している。そんな川のほとりに、一軒の日本家屋がぽつんと建っていた。

瓦屋根に板壁に格子戸、敷地は生垣で囲われている。どこにでもありそうで、実際、湯涌温泉に来る途中に何度も見かけたような、平凡で古風な和風建築だったが、夕日に照らされて建つ様はどうにも怪しい。その後ろにそびえる山も、湯涌温泉から見えていたものとはまるで様相が異なり、尖った頂に真っ白な雪を被っていた。

目の前の建物はただの民家ではなく民宿なのか、玄関先には「宿・白姫荘」と記された一枚板の看板が掲げられており、曇りガラスの窓の中にはぼんやりと光が見えている。ふうむ、と興味深げに祐が唸った。

「暗い森を抜けた先、川沿いに建つ一軒の山家……！　なおさら『高野聖』ですね」

「確かにシチュエーションは似てますけど、おれはどっちかと言うと『注文の多い料理店』を思い出します……。で、どうします？」

「どうもこうも、他に当てもないし、そろそろ日暮れだ。入ってみるしかないだろう」

答えたのは時雨だった。その言葉通り、太陽は既に山に隠れ、梟(ふくろう)の声がそこかしこから響き始めている。ええっ、と汀一が声をあげた。

「入るの？　いや確かに外にいるのも嫌だけど……あからさまに怪しくない？　偏見かもしれないけどさ、百パーセント妖怪の家だよ、これ」

「そんなことは承知の上だ。だが僕は妖怪だし小春木さんも半分妖怪だ。出会い頭に取って喰われることもないだろう」

「ですね」

「同意が早い！　お二人はそれでいいかもだけど、おれは純生の人間なんですが……」

「安心しろ。妖怪はそんな悪いものばかりじゃないし、何かあったら僕が守る」

青ざめる汀一に向き直り、時雨がしっかり明言する。そうまで言い切られてしまうと反論するのも難しい。汀一が「じゃあ……」とおずおずうなずくと、祐はそれを確認した上で格子戸の前に立った。

「夜分遅く失礼いたします。道に迷った者ですが、宿をお貸し願えませんでしょうか」

祐がよく通る声を張り上げ、昔話の導入部のようなフレーズを口にする。程なくして玄関の内側から足音が近づき、格子戸がするすると開いた。

「まあ、それはそれは……お困りでしょう」

そう言いながら姿を見せたのは、長い黒髪を結い上げた、和装の若い女性であった。

身長百六十センチ弱、藤色の小袖に青緑の帯を締め、紅色のかんざしを挿している。黒目がちな両目と小さな口が日本人形を思わせるその女性は、三人の姿を見回すと「まあまあ」と口元を隠して驚いてみせた。

「お若い方が三人も、こんな何もないところまで……。ささ、どうぞお入りくださいませ。すぐに夕餉の支度をいたしますので」

「ゆうげ？　ああ、晩ご飯のことですか？　いや、おれたちは帰りたいだけなので、そこまでしてもらわなくても」

そう言うのと同時に汀一の腹が盛大に鳴った。どうやら思っていた以上に腹が減っていたらしい。赤面して黙り込む汀一に、和装の女性はたおやかで上品な笑みを向け、灯りのともった建物の中を指し示した。

「もう暗うございますし、夜は寒うございます。お話は中でごゆるりと」

遠慮せずに入れ、と言いたげに、女性が三人に微笑みかける。汀一たちは一旦互いに顔を見合わせ、その上で女性に向き直って頭を下げた。

「なら……ええと、失礼します」

「どうぞどうぞ」

＊　＊　＊

「改めまして、ようこそこの白姫荘へお越しくださいました。私、狭霧と申します」

火鉢の燃える暖かな和室で、女性はそう名乗って深く頭を下げてみせた。

自分のことを「わたくし」と呼ぶ人に会うのは初めてだ。まあ人ではないんだろうけど……などと思いながら、汀一は時雨や祐ともども挨拶を返し、改めて狭霧に向き合った。

汀一にとって、この狭霧はどうにも捉えどころのない女性であった。

　まず外観年齢からして判然としない。年上だとは思うのだが、高二か高三程度にも見えるし、二十代後半と言われたら納得してしまいそうな雰囲気もある。その表情や言動についてもどうにも印象が定まらず、世間知らずでお人好しなお嬢様のようなあどけなさを見せつつも、ベテランの女将のような風格もある。不思議な人だな、と内心でつぶやいた後、不思議と言えばこの部屋も、と汀一は思った。

　三人が案内されたのは、昭和の旅館を思わせる八畳の和室だった。洗面所とトイレ付で風呂はなし。四角い笠を被った蛍光灯にテーブルに灰皿、床の間にはフロント直通の固定電話が置かれ、ブラウン管テレビには百円を入れる穴があり、窓の手前には板敷の休憩スペースが設けられている。コンセントはあったがＷｉ－Ｆｉはなく、無論スマホは圏外のままだ。

「あの……ここって一体どういうところなんです？」

「白姫荘にございます」

「それは聞きましたけど、そうじゃなくて――」

「悲願と此岸のあわいに揺蕩（たゆた）う、迷える者が終（つい）の夜を過ごす宿……。それが白姫荘にございます」

「つ、ついの夜の宿？　時雨、どういうこと？」

「僕に聞くな。つまり、現実世界ではない場所にあるということですか？」

「さあ。何が現実で何がそうでないのかは、人それぞれでございますから」

「では質問を変えさせてください。あなたは妖怪なのですか？」

「まあ、面白いご質問を。からかわれてはいけません」

　祐が神妙な顔で問いかけるが、狭霧はくすくすと笑ってはぐらかすばかりだ。この部屋に汀一たちを案内する時から狭霧はずっとこの調子で、ろくに質問に答えない。祐はさらに問いを重ねようとしたが、狭霧はするりと立ち上がり「すぐにお食事をお持ちいたします」と立ち去ってしまった。残された三人は誰からともなく顔を見合わせ、汀一が「どう思う」と問うと、まず祐が口を開いた。

「そうですね……。彼女の夫や彼女に仕える老爺がいれば、いっそう『高野聖』なんですけどね」

「はい？」

「実を言いますと、ぼくは少しわくわくしているんですよ。こんな小説みたいな体験は初めてなので」

「は、はあ……。あの、時雨はどう？」

「僕は――そうだな。実に可憐な人だと思う」

「は？」

　予想外の回答に汀一は思わず時雨を凝視し、その顔が薄赤く染まっていることに気が付いた。いやまあ、この友人が年上の優しそうなお姉さんに弱いことは知っている。知ってはいるが。

「今そうなる？」

「し、仕方ないだろう！　あんな綺麗な人に優しく迎え入れられたら……」

語尾を濁した時雨が恥ずかしそうに目を逸らし、一方、かつて妖怪と見れば退治しようとしていた少年は、好奇心で輝かせた目を部屋の四方に向けている。まるで緊張感のない同行者たちの姿に汀一が頭を抱えていると、「失礼いたします」と狭霧が戻り、湯気を立てるお膳を三つ、汀一たちの前に並べた。粗末なものでございますが、と出されたメニューを見て祐が小さく息を呑む。

「山菜と生姜の漬物、わかめ、茸の味噌汁……！　『高野聖』と同じ献立ですね！」

「そ、そうでしたっけ？　あのさ時雨。これ、食べていいと思う？　……時雨？」

「え？　あ、ああ、済まない」

「どうされたのです？　お体でもお悪いのですか」

「い、いえ……。その、狭霧さんに見とれてしまっていて……」

「まあお上手」

真っ赤になった時雨が漏らした声に狭霧が嬉しそうに笑みを返す。祐は小説そっくりのメニューに興奮しているし、こうなるともう一人だけ身構えるのが馬鹿馬鹿しくなってくる汀一であった。

まあ、人並外れた感覚を持つ時雨や祐が警戒していないのなら、こっちも怯える必要はないということだろう。多分。汀一はそう納得し、改めて食事に向き合った。

「じゃあええと……いただいていいですか？」

「どうぞどうぞ、冷めないうちに。おかわりもございますので」

「どうも……。なら、いただきます」

「いただきます」

「いただきます」

　手を合わせて唱和し、三人は竹製の箸を手に取った。

　狭霧の提供してくれた夕食は、いずれも見た目通りの素朴な味わいだったが、疲れた心身にはこういうシンプルなメニューはありがたい。三人は狭霧の給仕を受けながら、黙々と、あるいはがつがつと夕食を頬張り、やがて食後のお茶を飲み終えたあたりで狭霧が微笑みながら口を開いた。

「あの、何かお話をしてくださいませんか？」

「お話？」

「はい。せっかく見えたのですから。私、街の話を聞くのが好きなのでございます」

「『私は癖として都の話を聞くのが病でございます、口に蓋をしておいでなさいましても無理やりに聞こうといたします』……！」

『高野聖』の一節、山家の主である女性が道に迷った語り手に対して口にする台詞を祐が小声で引用する。また似たシチュエーションだと言いたいのだろう。確かによく似てはいるけれど……と思いつつ、汀一は困った顔で頬を掻いた。

狭霧の素性や目的、ここから帰る方法や亜香里たちへの連絡手段等々、聞きたいことはいくらでもあるわけで、話せるのはありがたい。だがしかし。

「お話と言われても、おれたち、そんな面白いネタとか持ってないですよ」

「ならばご質問でも結構でございます。この白姫荘についてお知りになりたいことは？」

「え？　ええと——じゃあ、なんで白姫荘なんです？」

「ふふ。なぜだと思われます？」

会話が途切れないようとっさに捻りだした質問を、狭霧がそのまま投げ返す。知らないから聞いたわけで、答えられるはずもない。汀一は言葉に詰まったが、そこに祐が口を挟んだ。

「『夜叉ヶ池』の『白雪姫』……？　あるいは、白山が由来なのではないですか？　万年雪を頂く高山であり、一年中白く見えるところからこの名が付いたと言われる白山は、京都の鬼門を守る比叡山のさらに鬼門を守る古来の聖地で、虐げられた人々や流浪の民の信仰を集めた山でもある。かの山の神は、九頭竜の姿の水神にして女神とも語られていますから、立派な川の傍にあり、雪山を見上げる宿にはふさわしい名前かと存じますが……いかがでしょう」

祐の流暢な回答に汀一は素直に感心した。さすが図書室の主だけあって博識だ。眼鏡越しに視線を向けられた狭霧は、少し見直したと言いたげに薄く微笑み、肯定でも否定でもない言葉を口にした。

「お若いのにお詳しいのですね」

「滅相もありません。ぼくはただ、多少本を読んだだけです。白山の姫神については、『由縁(ゆかり)の女』や『山海評判記』など、好きな作家の作品で何度か言及されているので、それで少し気になって……」

「まあ、泉鏡花ですね」

「ご存じなのですか？」

「読んだのは少しだけですけれど……。以前ここを訪ねてこられた方が置いていかれたご本がありましたから、それを」

「え。あの、すみません、その人たちはどうやって帰ったんです？」

思わず問いかけたのは汀一だ。的を射た質問のつもりだったが、狭霧は目を丸くして首をきょとんと傾げてみせた。「可憐だ」と時雨が息を呑んで見つめる先で狭霧が言う。

「『帰った』……とは？」

「はい？　いや、そのままの意味ですけど……。おれ何か変なこと聞きました？　だって、前に来たお客がいて、今はおれたち以外誰もいないってことは、その人たちは帰ったわけですよね……？」

「またまた……。本当に面白いことを仰るのですね」

口元を袖で隠した狭霧がくすくすと笑ってはぐらかす。汀一はさらに質問を重ねようとしたが、狭霧はそれより早く話題を戻してしまっていた。

「泉鏡花様と言えば、あの方の書かれるお化けは、私、とても好きでございます。怪談の類はいくらでもございますが、ほら、あの方のお書きになったものは、他の方のものとは少し違っていますでしょう？」

「え。そうなんですか？　そうなの時雨――は今ちょっと役に立ちそうもないな、そうなんですか、小春木さん？」

「鏡花の書く妖怪の特異性……ですか。口碑伝承的な怪異のみならず都市文化としての妖怪も積極的に取り入れたという点のことを言っておられるのでしょうか？　百物語のような怪談を扱う文化や、あるいは版本で創作された妖怪などについても鏡花は語った」

「それもありますけれど……あの方の書くお化けは自由なのです。人の社会の恨みつらみに縛られず、人とは無関係に存在し、人とは違うところで、独自の論理を持って生きている……。そういうお化けというのは、特にあの頃は珍しかったのです」

うっとりと語る狭霧を前に、汀一は前に亜香里から聞いた言葉を思い出した。

――妖怪のことを、難しい教訓とか教えとかと関係なく、ただそういう風にあるだけのものとして描いてくれる作家って案外少ないし。ああいうの、妖怪的には嬉しいんだよね。

亜香里は確かにそう言っていたが、しかし、それに共感するということは、やはりこの女性は……。確信しつつある汀一の隣で祐が「なるほど」とうなずく。汀一としては、泉鏡花談義よりも今後のこととかこの場所についての話をしてほしいのだが、祐にとってはこの会話自体が楽しいのだろう、話題を変えるつもりはないようだ。

「『吉原新話』の妖婆の台詞に象徴される妖怪観ですね。『此の世のなかはの、人間ばかりのもので無い。私等が國はの、――殿、殿たちが、目の及ばぬ處、耳に聞えぬ處、心の通わぬ處、――廣大な國ぢやぞの』……。また、『一寸怪』でも別世界の存在としての妖怪に言及していたかと」

「ああ。『この現世以外に、一つの別世界というような物があって、其処には例の魔だの天狗などという奴が居る。が偶々その連中が、吾々人間の出入する道を通った時分に、人間の眼に映ずる』ですね。人にしては妖怪のことをよくお分かりだと思いました」

「ということは、貴女は異世界――妖怪の住まう別世界から参られた妖怪……？」

「まさか。物語に出てくるような妖怪のみの暮らす世界、いわゆる魔界のようなものは、そもそも存在いたしません。妖怪は現世で生まれ、現世で生きるものにございます。ですが、それでもやはり、人と妖怪の住まう世界は別物でございましょう？　人と妖怪の在り方が根本的に違うがゆえに……。そう思われませんか？」

「え？　おれですか？　いや、どうなんだろう……。在り方が違うってのはその通りでしょうけど――と言うか、狭霧さん、やっぱり妖怪ですよね？」

ふいに話を振られた汀一が今更のように問い返す。だが狭霧はまたも「ふふ」と楽しそうに微笑むだけで何も答えず、すっと腰を上げてしまった。

「お風呂の様子を見て参ります。皆さまはどうぞごゆるりと」

それだけを告げると、狭霧は空になったお膳を重ねて持ち上げ、客間からまたも立ち去った。取り残された三人が再度顔を見合わせる。「摑みどころのない人だなあ」と汀一がぼやいた。

「人と言うか妖怪なんだろうけど……。あのさ時雨、さっきも聞いたけどどう思う？　あ、可憐だとか美人だとかそういう感想以外で」

「少なくとも悪い妖怪ではないと僕は思う。実際、敵意も悪意も全く感じない」

「そうなの？　ほんとに？」

「ああ。それについては断言してもいい」

きっぱりうなずく時雨である。その明言に汀一の警戒心がすっと薄れた。とりあえず過剰に身構える必要はないようだ。「だったら早く言ってよ」と汀一は安堵し、テーブルに残されていた湯飲みに手を伸ばしたが、そこで祐が声を発した。

「そこまで気を許していいものだろうか……」

懐手をした祐の抑えた声が客間に響く。その妙に深刻な自問に、時雨が眉をひそめて反論した。

「僕にはあの人が悪意を持った妖怪だとは思えませんが」

「それに異論はありません。実際良くしてくださっているわけですし、疑うつもりはありません。ですが――」

と、祐が何かを言いかけた時、「失礼いたします」とたおやかな声が響き、狭霧が再び姿を見せた。とっさに口をつぐんだ祐、それに汀一と時雨を前に、狭霧がしずしずと一礼してから口を開く。

「お風呂が沸きましたので、ご案内に参りました。申し訳ございませんが、狭いところですので、お一人ずつお入りいただければと存じます。僭越ながら、お背中などお流しさせていただきますので……」

「え？　いや、それは――」

大きな声を出したのは時雨だった。背中を流されるところを想像してしまったのだろう、色白の肌が赤くなっている。その様子を見た狭霧は、それはもう楽しそうに微笑み、時雨の手を取った。

「ではお客様からどうぞ」

「え。いや僕は、しかし」

「どうされたのです？　お早くしていただかないと、せっかくのお湯が冷めてしまいます。さあ」

「あっ――」

抵抗感はあるものの狭霧の手を振り払うこともできないのだろう、時雨はしどろもどろのまま腰を上げ、そのまま連れていかれてしまった。閉じられた障子戸の向こうで遠ざかっていく二つの足音に、汀一は「ちょっと羨ましい」という思いを抑えられなかった。

「というかデレデレしすぎだろ、あいつ」

「……大丈夫でしょうか」

つい漏らした本音に祐の不安げな声が重なる。その深刻な声と表情に、汀一は思わず眉をひそめた。何をそんなに心配することがあるんだ。

「大丈夫も何も、風呂入るだけでしょう？」

「『高野聖』ですよ。葛城くんも読んでいますよね。鏡花の『高野聖』に登場する『嬢様』は、山中の一軒家に住まう美女であり、その魅力に取りつかれた人間を川で沐浴させることで獣に変えてしまう存在です。山家の有り様や食事の献立、女主人の質問まで、今の状況はかの作品に描かれた内容と多くの点で一致している。だとすれば」

「もしかして――時雨が動物にされちゃうって言いたいんですか……？」

祐の推論を先読みした汀一がこの上なく不審な顔で問いかけると、祐は無言で首肯した。

いやいやいや、と汀一が即座に反論する。

「シチュエーションが似てるのは確かですけど、あれって泉鏡花が考えたフィクションでしょう？　あれに出てくる『嬢様』も、妖怪じゃなくて元は医者の娘か何かだったはずで」

「彼女――狭霧さんが、その『嬢様』のモデルだとしたらどうです？」

「……え？」

「鏡花は、実在の怪談や伝説をモチーフにした創作を得意とした作家です。広島は三次に伝わる魔王の木槌の物語から、かの名作『草迷宮』を発想したように……。『高野聖』のモチーフは明確にされておらず、おそらく鏡花が幼い頃に聞いた伝承などであろうなどと言われていますが……それが狭霧さんだとしたら？」

汀一に顔を近づけた祐が抑えた声で口早に言う。祐の真剣な面持ちと語り口に、汀一の背筋がすっと冷えた。

「で、ですけど……時雨は、あの人には敵意も悪意も感じられないって」

「そこです。彼女は先ほど、鏡花の描く妖怪像に——即ち、人の怨恨に縛られず、独自の論理を持って生きているお化けに共感できると語っていました。彼女自身もまたそういった存在であると仮定すれば、敵意もないまま、むしろ良かれと思って、他者に干渉してくる可能性もあると思いませんか？」

「え？　あ！　た、確かに……」

納得するのと同時に汀一の顔から血の気が引いた。やばい、という声が胸中で響き渡る中、汀一は慌てて立ち上がり、先ほど時雨と狭霧が出ていった障子戸に手を掛けた。

「おれ見てきます！」

「ぼくも行きます」

暗い廊下に飛び出した汀一に祐が続く。

幸い、そう広くもない建物なので、風呂場の位置はすぐに分かった。だが、脱衣所に飛び込み、時雨の服の入った脱衣籠を蹴飛ばし、浴場の扉を勢いよく開いた次の瞬間、汀一は言葉を失っていた。

「そんな……！」

立ち尽くす汀一が愕然と声を発し、後ろから覗き込んだ祐が「ああ」と唸って顔を覆う。一人しか入れない小さな湯舟にも、すのこ敷きの洗い場にも時雨の姿は見当たらず、代わりに所在無げに洗い場に佇んでいたのは、一匹の小さな動物であった。

体長二十センチ弱、スマートな体は真っ白な冬毛で覆われ、尾の先だけが黒い。目はくりっと大きく、尖った鼻先からは髭がぴんぴんと生えている。

「時雨……！　フェレットにされちゃったなんて……！」

「いえ、これはオコジョですね。本州中部以北の高山地帯に生息する食肉目イタチ科の肉食動物で、正確に言うとホンドオコジョです」

青ざめる汀一の隣で祐が冷静に訂正する。そうなの、と汀一が向き直ると、イタチを細くして白くしたような姿の小動物は、こくりと首を縦に振ってみせた。どうやら言葉が通じているようだ。

「ってことはやっぱり時雨だよね……！　狭霧さんに動物にされたんだな？」

屈みこんだ汀一が尋ねると、オコジョは再度うなずき、愚かな僕を見ないでくれと言いたげに短い前足で顔を隠してしまった。

「くそ、可愛いな……って、それどころじゃないですよね」

「ええ。このままではぼくたちも獣にされてしまいかねません。おそらく彼女としては、これは善意に基づいての行動なのでしょうが」

「でも動物になるつもりはないですよ、おれ！」

「ぼくもです」

うろたえる汀一に祐がきっぱり同意する。ですよね！　というわけで汀一は濡れたオコジョを抱え上げ、時雨の服を小脇に挟んで、祐と二人でその場を後にした。

＊　＊　＊

「……小春木さん、ほんとにこっちなんですか？」

「大丈夫。来た時の風景は概ね記憶しています」

汀一の不安げな問いかけに、先を行く祐がペンライトを掲げたまま応じる。その落ち着いた声に、汀一は、さすがはたった一人で妖怪退治を始めた人だと感心した。

ちゃんとライトを常備しているあたりがまず偉い。一人じゃなくて良かったと改めて安堵し、汀一は時雨の服を抱えたまま暗い森を見回した。その肩には、オコジョになったままの時雨がしょんぼりとしがみついている。

狭霧に見つからないよう、荷物や上着、それに時雨の傘を摑んで白姫荘を飛び出してから、既に三十分ほどが経過していた。霧深い真っ暗な森は、昼間同様に――いや、それ以上に濃密な生き物の気配に満ちていたが、人間二人を襲うほど狂暴な野生動物はいないようで、とりあえず今のところは何事もなく前進できている。

「しかし、夜でもこんなに霧が出てるって珍しいですね」

「普通の霧ではないのでしょうね。おそらくこの霧が白姫荘のある場所と現実世界を繋いでいるんだと思います」

「あー、なるほど。ってことは、これを通ればあっちに戻れる……？」

「そう信じたいところですが……。それよりも、気になるのは濡神くんのことです。上手くいって元の世界に戻れたとして、その後、彼を元に戻す方法がぼくには分からない」

「蔵借堂の誰かが知ってるといいんですけどね……。まあ、今の時雨可愛いですし、最悪このままで――あ痛っ！」

「どうしました？」

「時雨に耳を噛まれました……。悪かった。冗談だよ冗談」

肩の上でキイキイ怒るオコジョを汀一がぞんざいになだめる。時雨はしつこく怒声を上げていたが、小さな頭を軽く撫でてやると、気持ちがいいのかすぐに静かになった。単純なやつだなと汀一は呆れ、その直後、はっとなって立ち止まった。「あ」と唸って動かなくなった汀一に気付いた祐が振り返る。

「どうしたんです？　少しでも早く白姫荘から離れないと」

「いや、あの……おれ、気付いちゃったんですけど……。この森、妙に動物多いじゃないですか。で、あの宿に行った人は動物にされちゃうわけで……。もしかして、この森にいるのって、時雨みたいに動物にされちゃった人たちなんじゃないですか……？」

立ち尽くしたまま汀一が震える声を漏らす。それを聞いたオコジョはキッと短い声をあげて驚き、祐は「……ありえますね」と息を吞んだ。ですよね、とうなずき返し、汀一は真っ暗な森を見回して口元に手を当てた。

「えーと、あの——聞こえますか！」

「葛城くん何を！　彼女に気付かれたら」

「でもほっとけないじゃないですか！　あの、もし皆さんが元は人間だったなら一緒に逃げましょう！　逃げ切れるか分かんないですけど、元に戻れるかもですし……！」

慌てて制する祐に反論し汀一が森に呼びかける。だが、霧深く暗い森の中からはなんの反応も返ってこなかった。

依然多くの獣の気配は感じられるのに、まるで言葉が通じていないみたいだ。

汀一がそう思った時、まるで心中の疑問に答えるように、耳触りの良い声が、前方の暗い霧の中から響いた。

「お優しいのですね……。ですが、幾ら呼びかけても詮無いこと。獣になった彼らや彼女らは、人であった頃の記憶をじきに失いますから、言葉を解することはできません」

おっとりとした語りとともに、藤色の着物姿の女性が——狭霧が——祐と汀一の前に現れる。噓、と汀一が目を丸くした。

「なんで前から？」

「この霧の中では私が主なのでございます。道筋も方角も、全てが私の采配次第……。ですのでいくら逃げたところで全ては無駄。白姫荘でお迎えしたお客様は、何もかも忘れて獣になるか、なお深い山の奥の隠世へと去るか、二つに一つでございます」

「か――かくりよ……？」

「一般的には死後の世界のことですね。狭霧さんは、ここことは違う場所というニュアンスで使っておられるようで、意味合い的には『隠れ里』という概念にも近いようですが……ともあれ、ぼくには獣になる気もなければ、隠世へ消えるつもりもありません」

汀一が漏らした疑問に答え、祐が一歩前に歩み出た。汀一にペンライトを手渡した祐は、羽織の内側から万年筆と手帳とを取り出し、狭霧をまっすぐ見据えて言う。

「そこを通してください、狭霧さん。ぼくは貴女を封じてしまいたくはない」

「ほう。これはまた随分と居丈高な……。そういうのを、最近は『上から目線』とか言うと聞きました」

「……先に申し上げておきますが、ぼくは目の前の妖怪の本質を見通すことができます。それを記述することで相手を封じる力も持っている」

「まあまあ。それはまた面妖な」

「書物の精であった母から受け継いだ資質です。そして、先ほどの宿での長いお話の間に、ぼくは貴女のことを既に見抜いてしまっている」

母の遺品の万年筆を持ち直し、祐がきっぱり言い放つ。その姿を照らしながら、汀一はあっと声を漏らした。ただ鏡花談義にかまけていたように思っていたが、祐はあの長話の間に狭霧を分析していたのだ。

「さすがですね……！　で、この人一体なんなんです」

「彼女の本性は水中に住まう大蛇と見ました。可憐な女性に姿を変えて人を誘い誑かす、水場の主たる蛇の化生……。沼御前の類です」

「なるほど。ならばご自慢の手帳にそう書いてみてはいかがです？」

「ですから、ぼくはそもそも貴女とやりあうつもりは――」

　神妙だった祐の言葉が不意に途切れた。え、どうしたんです？　汀一が視線で問いかけると、祐は青ざめながら震える声を発した。

「ど、どういうことだ……？　正体が……正体が分からない……！」

「はい？　いや、今言ってたじゃないですか、大蛇だって」

「確かにさっきはそう見えたのです。ですが今は――今、ぼくの目に映るのは、蛇でもあり、人でもあり、霧でもあり、夜でもあり、もっと底知れないものでもあって、まるで本性が幾つもあるような――しかし、そんなことが……」

「あるのでございますよ、そんなことも」

　たじろぐ祐の言葉を受け、狭霧がおっとり上品に微笑む。周囲を取り巻く霧をざわつかせながら、白姫荘の主である女性は勝ち誇るようにうなずいた。

「確かに私は水界に住まうの蛇体の女怪。沼御前の名で呼ばれたこともございます。ですが、今の貴方の目に映っているいくつもの本性、その全てもまた私なのです」

「つまり、貴女は複数の正体を持っている……と？」

「そう解釈していただいてもかまいません。何せ、自分がそもそも何なのか、私自身も忘れてしまっておりますもので……。元は水神に捧げられた生贄であったような気もしますし、蛇であったようにも思います。また別のものとして語られたこともございます……。貴方の奇妙な眼力には最初から気づいておりました故、先ほどはそれらしい姿を一つ、匂わせてみたまでのこと」

二人の少年と一匹のオコジョの前に立ち塞がったまま、狭霧があくまで優しく言葉を重ねる。自分で自分が何なのか分からないって、困らないんだろうか、それは。そんなことをふと思った汀一の脳裏に、温泉の休憩スペースで祐が語った言葉が蘇った。

――本当にそれだけなのかともぼくは思うのですよ。山中や水辺の超越的な女性というモチーフを鏡花が描き続けた背景には、もっと強烈な理由が……何か、イメージの源泉たる存在があったのではないか、とも……。

「――あ。じゃ、じゃあ、もしかして、この人……！」

「葛城くん？　どうしたのです」

「昼間に小春木さん言ってたじゃないですか。泉鏡花がよく使う女性の怪異ってモチーフには元ネタがあったのかもしれない、って。それ、全部この人なんじゃないですか？」

「えっ」

「ああ。そのようなこともあったかもしれませんね。私のことは、加賀では古くから語られていたと聞き及んでおります故……」

「な――」

狭霧のあっさりとした答を聞くなり、祐が青ざめ、絶句した。震える手から手帳と万年筆とがぽろりと落ちる。

「だ……だとしたら、貴女は、いわば、鏡花の創造と創作の原点の一つ……!? ぼくが最も尊敬する作家の、最も敬愛する作品群全てのモデルにしてオリジナル……!? そんなもの、ぼくには……ぼくの筆力なんかでは、とても記述し切れない……!」

「え? そこにショック受けるんですか? てか小春木さんに今諦められると、おれ、どうしようもなくなっちゃうんですけど!」

「すみません葛城くん。ぼくには無理です。でも、最後にいいものを見られた」

「なんでうっとりしてるんですか! もしもーし!」

くずおれるように膝を突いてしまった祐を汀一は慌てて揺さぶったが反応はない。そんな、と絶句する汀一。肩に乗ったままの時雨が怯え、狭霧が「往生際のよろしいこと」と薄く微笑んだ。

「さあ、白姫荘に戻りましょう。お風呂は沸かし直して差し上げます」

「え、いや、おれはまだ――」

「お話の続きは宿でゆっくりお聞きいたします」

優しいのに圧のある笑顔で、狭霧が汀一へと歩み寄る。祐がこの有り様である以上、もう打てる手は何もない。せめて最後に亜香里に会いたい……と、汀一が心の中で強く願った、その時だった。

「汀一？」

聞き覚えのある——今一番聞きたい——声が汀一の耳へと確かに届いた。

ハッとなって振り返ってみれば、いつからそこにいたのか、ファー付きのダッフルコート姿、見慣れた顔のショートボブの少女が息を切らせながら立っていた。

その傍らには、これまた見知った顔の男が……要するに瀬戸が懐中電灯を手にしていたけれど、汀一の目には亜香里しか映っていなかった。まさかほんとに会えるとは！　汀一は思わず亜香里に駆け寄ろうとしたが、その刹那、胸中で「待った！」と声が響いた。

亜香里のことを思った途端に本人が出てくるなんて、いくらなんでも都合が良すぎる。これは狭霧が自分を宿に引き戻すために見せている幻覚か何かでは……？

「——そうか、そういうことか！　騙されないぞ！　幻よ、去れ！」

「な、何？　どうしたの汀一？　わたしだってば」

立ち止まって身構えた汀一を、亜香里にしか見えない姿の幻覚が怪訝な顔で見返した。誘惑するための幻の割にはリアクションが冷淡だ。意外な反応に、汀一は「ん？」と眉根を寄せ、亜香里を自称する相手に顔を近づけた。

「近くで見ても本物っぽいな……。もしかして、本物の亜香里……？」

「もしかしなくてもわたしです！　顔が近いよ！」

「ご、ごめん！」

「もう……。で、何があったの？　温泉出てから連絡したのに返事来ないし、やっと見つけたと思ったら汀一は肩にフェレット乗せてるし、時雨はいないし、小春木先輩はうっとりした顔でうずくまったまま動かないし」

「話すと長いんだよね……。あとこれフェレットじゃなくてオコジョ――ってそれより気を付けて！」

つい気を緩めてしまったが、狭霧がすぐそこにいるのだ。汀一は亜香里を庇うように両手を広げたが、振り返って睨んだ先の狭霧は、さっきまで漂わせていた威圧感はどこへやら、気さくな様子で瀬戸と言葉を交わしていたのであった。

「あら瀬戸の大将。こんなところで珍しいですわね。私、今ちょっと取り込み中なのですけれど」

「うん。それは見て分かったんだけどさ。君が獣に変えようとしてる子……もう変えちゃったのもいるみたいだけど、その子ら、僕の身内なんだよね」

「あらまあ」

瀬戸のフランクな言葉に狭霧が口元を押さえて驚いてみせる。いかにも付き合いの長そうなやりとりに、亜香里は「あの二人知り合いなの？」と汀一に尋ねたが、それは汀一の方が聞きたかった。

＊
＊
＊

その後、一同は連れだって白姫荘へと移動した。

汀一たちにとっては二度目となる客間で、狭霧は時雨が妖怪だと聞かされて驚き、「このことを知らない妖怪が来るとは思っていなかった」「人の匂いもしていたので人間だと思い込んでしまい、いつもの癖でうっかり獣に変えてしまった」と苦笑した。

「うっかりで人をオコジョにしないでください……！」

そう言って呆れたのは、元に戻してもらったばかりの時雨である。狭霧が好みのタイプなので強く出られないのだろう、顔を赤らめながらぶつぶつ文句をこぼす時雨に、亜香里と汀一が冷ややかな目を向けている。デレデレしちゃって、と亜香里が笑う。

「でも、ちょっともったいないよね。せっかく可愛かったのに。こんなにあっさり元に戻っちゃうなら、写真撮っておいたら良かった」

「あ、おれ撮ったよ。ここに帰ってくる途中に何枚か。いる？」

「ほんと？　だったら――ってここ圏外だったっけ。後で送ってよ」

「いいよー。動画もあるから一緒に送る」

「君たちは人を何だと思っているんだ……？　あのままだったら僕は記憶を失ってただのオコジョになっていたんだぞ」

「そもそもはお前があっさり風呂に行ったからだろ。……狭霧さんと風呂入ったの？」

「し、知らんが」

汀一の小声の問いかけに時雨が目を逸らす。この反応、一緒に入ったわけではないようだ。そう察した汀一は、祐や瀬戸と言葉を交わしていた狭霧へと向き直った。「そもそもここはどういう場所なんです？」と尋ねる祐に、狭霧がおっとりと微笑を返す。

「言葉で説明するのは難しゅうございますが……。異界であり隠世であるお山と現世とを繋ぐ、一種の橋であり境界でもある場所、とでも申しましょうか。ここにやって来られるのは、妖怪か、現世に倦み疲れた人だけなのでございます」

「倦み疲れた……？」

「ええ。たまに人間の中にもいらっしゃるのですよ。記憶も地位も身分も家族も、自分の持つ全てを――人であることすらも捨ててしまいたいと願われる方が」

「……蒸発願望というやつですか」

なぜか楽しそうに話す狭霧に祐が短く切り返し、狭霧がこくりと首肯する。その短いやりとりに、汀一は、森で叫んだ時に呼応する動物が一匹もいなかった理由が分かった気がした。

……あの時、獣たちが全く応じなかった理由は、人としての記憶を失い、言葉が通じなくなっていたからだと思っていたが、それだけではなかったのかもしれない。

胸の奥に重たい痛みを感じながら、汀一は「なら」と狭霧に尋ねた。

「妖怪はここに何をしに来るんです……？」

「妖怪とて現世に疲れることはあるのです。むしろ長寿の妖怪の方が、世の中の変わりように付いていけず、諦めてしまうことが多いくらいなのでございます。そんな風に、もうどこかに去ってしまいたいと思った妖怪は、ここを通り、現世とは異なる場所へ――もう二度と戻ってこられないところへと去るのです」

「去るって――。妖怪が、自分から？　そんなこともあるんですか？　時雨、知ってた？」

「……そういうケースがあることは、知識としては知っていた」

驚く汀一に時雨は沈んだ顔でうなずき返し、「その入り口たる場所に来たのは初めてだが」と付け足した。亜香里も同じく知っていたのだろう、無言で首肯し、その隣で瀬戸が口を開く。

「蔵借堂の妖具には、妖怪の持ち物だったものも多いよね。ああいう道具って、どうして残ってるんだと思う？　寿命で死なない妖怪も多いのに」

「え？　あ――」

「……うん。そういうことだよ葛城くん。もちろん、退治された妖怪の遺したものだとか、新品と交換するからって手放された中古品なんかもあるんだけれど……持ち主があっちに行ってしまったってパターンもね、これが結構あるんだよね。で、そういう妖怪は、ここに何かを残していくこともあるから、毎年引き取らせてもらってるんだ。いなくなるのは個人の自由だけど、そのまま忘れられてしまうのは忍びなくてね」

「そうだったんですね……。じゃあ、瀬戸さんが用事があった顔なじみって」

「彼女だ。狭霧さんの使う霧は、そういった願望を持つ人や妖怪に反応して招き入れるだけでなく、現世の森や水辺とここととを意図的に繋ぐことができる。湯涌温泉あたりに入り口を開けておいてくれるよう頼んだんだけど、そこに君たちが紛れ込んじゃったわけでね……。それで、狭霧さん、今年は」

「――はい。今年もまた何人かがあちらへと去られました。残してある妖具も幾つか……。例年通り、後程お渡しいたします」

瀬戸の問いかけに狭霧が静かな声で応じる。客間にしめやかな沈黙が満ちる中、汀一は現世に疲れて去ってしまったという顔も名前も知らない妖怪たちに思いを馳せ、時雨や亜香里がそうなりませんように、と心の中でつぶやいていた。

鏡花が好んだ異界の住人は、「女仙」のほか「姫（媛）神」とも呼ばれ、そういった超越的存在に研究者は色々な名前をつけているが、いずれもほぼ同じものを指すと考えてよい。たとえば、「山姫」。高田衛は異界の住人をこう呼ぶ。この山姫には、後で詳しく述べるように鏡花の信仰を育んだ白山の姫神の姿が投影されている。また、須田千里は異界の住人を含む不思議な力を持つ女性のことを「「魔」的女性」と総称している。このように、呼び名はさまざまだが、鏡花が異界の女性に強くあこがれ、積極的に描いていることは明らかである。

（田中貴子「鏡花と怪異」より）

第六話　冬来たりなば春遠からじ

　クリスマスもつつがなく過ぎ、年の瀬がいよいよ押し迫ってきた十二月二十八日。すかっと晴れたその日、蔵借堂および和風カフェ「つくも」では、毎年恒例の大掃除が行われていた。今年はバイトの汀一、そして自発的に手伝いを申し出た祐もいるので例年より人手が多く、瀬戸は喜んでいた。

「北四方木さん、玄関まわり掃いて拭いてきましたー。時雨はゴミ出しに行きましたけど、おれは次は何をしたら」

「なら、その箱を物置に運んでくれるか」

　古いエプロンを付けた汀一の呼びかけに、店内の壁を磨いていた蒼十郎は上がりかまちに置かれた大きな段ボール箱を指し示した。汀一は「分かりました」と靴を脱ぎ、箱を持ち上げたところで立ち止まった。

「すみません。物置ってどこでしょう？」

「……ああ、そうか。汀一は行ったことがなかったか。工房の奥に階段があるだろう。あれを下って左側が物置になっている」

「了解です。ところでこれって古い商品か何かですか？」

「いや、先日狭霧のところから引き取ってきた妖具だ。大将が車に積んだままだったものを、さっき下ろしてきた。物置に『妖具』と書いてある棚があるから、空いているところに適当に置いておいてくれ」

「了解……って、妖具をずっと車に置きっぱなしだったんですか？　昨日とか普通にあの車で買い出し行ってましたよね……？　ちょっと不用心な気も」

「一応暴走しないようにまじないは施してあるし、見た目はただの古道具だからな。わざわざ盗むものもいまい」

　あっさり応じる蒼十郎である。汀一は、それはそうかもですが、と曖昧な相槌を打ち、箱を抱えてバックヤードへ向かった。

　ここに通い始めてもう半年になるが、未だに店の構造がよく分からないんだよな……と汀一は思った。古道具屋とカフェが仕切られているのは店先だけで、奥が繋がっているのは知っているが、入ったことがあるのは店先から直結の工房スペース、それにトイレや洗面所くらいなので、間取りは全く把握できていない。もっと奥には、居間や客間や台所、亜香里や時雨の個室などもあるはずなのだが……。

「でもこの建物、絶対そんな広くないはずなんだよな……」

　入り口が開け放たれた工房の前を通りながら汀一が独り言ちる。外から見た蔵借堂は普通サイズの二階建ての一軒家で、しかも一階の大半は店頭スペースが占めているはずなのだ。にもかかわらずバックヤードは案外広いわけで、妖具か、あるいは瀬戸の力で空間を広げたりしているんだろうか。そんなことを考えつつ工房を通り過ぎ、地下へと延びる階段の前にやってくると、下から足音と話し声とが聞こえてきた。

「小春木先輩、あの作家の新作良かったんですか？　わたしはちょっと……」

「そういう評価になるのは分かります。実際、真相に意外性はないし、そこに至る展開にも驚きがない」

「でしょ。普通に考えたらそれしかないけどまさかそんなオチじゃないよねーって思った通りのオチだったじゃないですか。せめて短編でやれって思いましたよ」

「向井崎くんは手厳しいですね……。ぼくも同感ですが、ただ、主人公たちの心情や関係性の描写は好きなので、嫌いにはなれないんですよね」

親しげに言葉を交わしながら階段を上がってきたのは、祐と亜香里の二人であった。

「つくも」の方の掃除の途中なのだろう、亜香里は汚れ仕事用のエプロンとゴム手袋を付けており、祐は着物の上に割烹着を着込んで頭にタオルを巻いている。撫で肩で顔立ちも優しい祐が割烹着を着ているとまるで昭和の主婦のようだな、などと思いながら階段の降り口近くで待っていると、それに気付いた亜香里が声をかけてきた。

「汀一、お疲れ様。下の物置？」

「うん。これ運んでくれって北四方木さんが。そっちはどう？　手伝おうか？」

「ありがと。でも大丈夫。今年は小春木先輩もいるしね。背が高いからすごく助かる」

「そう言ってもらえると何よりです。向井崎くんや妖怪の方たちにはご迷惑を掛けてしまいましたし、お店にもお世話になっていますから、少しは役に立たないと……。では戻りましょうか」

「はーい」

亜香里の愛想のいい返事が響き、二人が連れ立って去っていく。その後ろ姿を黙って見送った後、汀一は階段を下って物置へ入った。

天井の低い部屋に金属製の棚が一定間隔で並んでおり、「妖具」と大書されたラベルの貼られた棚は一番奥にあった。ここに置けばいいらしい。段ボール箱や木箱、金属製の箱などが積まれた棚の空いているスペースに汀一は持ってきた箱を収め、入り口を——亜香里と祐が連れ立って登ってきた階段を——振り返った。

「……仲良さそうだったな」

羨むような声がひとりでに漏れ、同時に、胸の奥でチリッと嫌な音がした。

またただ、と汀一は思った。

くすぶるようなモヤモヤ感、あるいは祐に対する劣等感とでも呼ぶべきこの感情は、先日の湯涌温泉での一件以来、汀一の中でずっとわだかまり続けていた。

別に小春木祐という人間に対して思うところがあるわけではない。むしろ逆である。いい人だと思うし、立派な人だとも思う。頼れるし有能だとも思う。先日の白姫荘の一件では、結果的に狭霧にその力が通じなかったとはいえ、しっかりと策を立てて状況を分析し、行動するべき時には行動してみせた。おろおろしていただけの自分とは大違いだ。

だからこそ、祐を見ていると、あの時何もできず、おそらくまた同じことが起きても何もできない自分の情けなさが浮き彫りになるようで辛いのだ。

あわせて、祐が亜香里の元々の知り合いで、ここに通うようになってからいっそう仲良くなっている——少なくともそう見える——という事実もまた、汀一の心に影を落としてしまっていた。

自分が亜香里と会えるのは放課後か休日くらいなのに対し、祐は同じ学校の同じ委員会なわけだから、一緒にいる時間も長いし、しかも趣味も話も合うようだ。亜香里が祐に対して好意を抱いていることは間違いなさそうだし、このままだと亜香里を取られてしまうんじゃないか、という不安を、汀一は拭い去ることはできないでいた。

で、このことを思うと、亜香里はそもそも誰のものでもないのにそんなことを考えてしまう自分への自己嫌悪が募ってくる。そうなるとさらに祐以外の友人知人……自身の目標がしっかり定まっていて真面目な時雨や、いつでも強くて頼れる亜香里などと、浅はかで動じやすくて頼りにならない自分を比較して落ち込んでしまったりもして、思考がいっそう負の方向へ落ち込んでいくのであった。

そのまま悶々とすること数秒間、「あー、やめやめ。掃除の続きだ」と汀一が声に出して自分に告げて思考を止めてしまう、その時だった。

「どうして思考を止めてしまう?」

誰とも知れない声が、汀一の耳に……いや、心に直接届いた。

え？ 今の誰？ 慌てて周りを見回すが誰の姿も見当たらず、再度同じ声が響く。

「隠すことはない。その気持ちは私にもよく理解できるものだ」

落ち着きがあってどこか尊大なその声は、どうやら高年の男性のもののようだが、それにしたってなんだこれ。物置の妖具のどれかが話しかけてきているのか……？　汀一は訝りながら眼前の棚を見回し、その視線をある一点で留めた。

「……なんだ、この箱」

汀一は思わず眉をひそめた。

不思議な力で視線が引きつけられた先にあったのは、八十センチほどの細長い木箱であった。掛け軸を入れるものなのだろうか、細く長いその箱は、藁縄と鎖で二重に縛られており、その上からは「封」と書かれた色褪せた札が貼られている。蓋には「取扱注意」「外気厳禁」「持ち出し禁止」の文字も記されていた。

これはどう見ても絶対危ないやつだ。汀一は即座にそう確信し、とっととその場を立ち去ろうとしたのだが、その時、またも声が響いた。

「お前は自分が情けないのだろう？」

「――え」

「隠す必要はない。私には全部見えている。お前は怖いんだ」

「怖いって……おれ、別にそんなことは」

「往生際が悪い少年だな。私には見えていると言ったろう？　お前は妬ましいのだ。自分以外の皆、特に、自分にはないものを幾つも持っている彼が――小春木祐が」

「それは――」

具体的な名指しを受け、汀一の答が思わず濁る。一瞬だけでも同意してしまった自分に汀一は呆れ――そして、そこで汀一の意識は途切れた。

授業中に一瞬だけ寝落ちした時のように、感覚と記憶がぶつんと断絶する。

そして次に気が付いた時、汀一は、厳重に封印された箱の蓋を開けてしまっていた。

「……え!? な、なんで? いつの間に……?」

なぜか蓋を手にしており、鎖と荒縄は解かれていて、貼られていたはずの札は見当たらない。どういうことだと慄きながら、汀一は目の前の箱の中身を凝視した。

細長い箱の中に横たえられていたのは、黒く鈍い光を帯びた一本の鉄の針……いや、串であった。太さはおおよそ二センチ弱、長さは七十センチ強。先端は針のように尖り、付け根の側にはぼろぼろに劣化した何かの皮が巻かれている。物置の電灯の光を照り返すそれを見るなり、ぞっ、と汀一の体に寒気が走った。

「ひっ……!」

怯え震える声が漏れる。かつて時雨に憑依していた妖怪・縊鬼から感じたものにも似た禍々しいその気配に、汀一は本能的に理解した。これは見ちゃいけないし、外に出しちゃいけないものだ……!

思わず手が震え、蓋が床の上へと落ちる。その蓋の裏側に筆書きされた「白頭遺物」という文字列を自然と目で追ってしまった矢先、階段を速足で駆け下りる音がした。

「葛城くん？　なんだか尋常じゃない邪念を感じるのですが、何かあったんですか？」

　物置に駆け込んできたのは割烹着姿の祐だった。何があったのかは分かりません、でも誰か来てくれて助かった！　汀一はそう声に出そうとしたのだが、それより早く、鉄串は歓喜するようにぶるっと震え、先ほど汀一に語りかけた時と同じ声を明瞭に発した。

「これはこれは、小春木家の……。出向く手間が省けたな」

　テレパシー的なものではなく、明らかに空気を振動させて――音として――発された言葉が物置に響く。その呼びかけを聞くなり、祐が愕然として固まった。

「そ――その声は……！」

「え？　小春木さん知ってるんですか、これ」

「は、はい……！　あの夜、ぼくにぼくの力の存在を教え、万年筆と手帳で妖怪を封じよと諭したのが――紛れもなくこの声でした……！」

「はい？　いや、でもそれって確か、小春木家の先祖の霊か、別の書物の精霊だったんじゃ――ってちょっと！　何してるんですか！」

　汀一は思わず絶叫していた。祐がいきなり妖具の棚に歩み寄り、箱の中の串を無造作につかんで持ち上げたのである。

「触っちゃ駄目ですって！　これが何かは知りませんけど絶対危ないやつですよ！」

「そんなことは分かっています！　ですが……」

「え？　あ――」

青ざめながら串を両手で摑む祐を前に、汀一ははっと気が付いた。さっきと同じだ。自分に蓋を開けさせた時と同じように——。

「その通りだ少年よ。案の定、この体は実によく馴染む……！」

串に投げつけたはずの問いかけだったが、それに答えたのは祐だった。

誰に対しても敬語で接するはずの祐とは思えない尊大な声と口調と態度、そして禍々しい威圧感に、汀一は瞬時に状況を理解した。串が——あるいはそこに宿っていた何かが、祐に乗り移って操っているのだ。

「お前、誰だか知らないが小春木さんから出てけ！　その人は関係ないだろ？」

「関係ないだと？　笑止千万！　私がこの時、この瞬間を、どれほど待ち望んだことか……。ようやく手にした小春木家の体、そうやすやすと手放すものかよ！」

そう言ってにやりと笑い、祐は……いや、祐に宿った何者かは、黒い鉄串を頭上に高々と掲げた。と、串を中心にして突如凄まじい勢いの冷風が巻き起こる。

「うわっ⁉」

ブリザードのような凍えた突風に思わず顔と頭を庇う汀一。

轟く風の音、物置に積まれた妖具の箱や日用品が吹き飛ばされる音などは数秒間続き、そして音が止んで汀一が顔を上げた時には、めちゃくちゃになった物置に祐の姿はどこにもなく、散乱した日用品や古道具の中に、ぼろぼろになった割烹着と祐が頭に巻いていたタオルが落ちているだけだった。呆然としたままそれを拾った汀一の耳に、時雨と亜香里の声が階上から届く。

「今の音はなんだ？　店の方まで聞こえたが、棚でも倒したのか」

「小春木先輩が嫌な気配を感じたとか言って様子を見に行ったんだけど、何か――って、ど、どうしたのこれ？」

「これは……まるで地震か竜巻の後だが、一体何があったんだ？　それに小春木さんは」

物置に入ってきた時雨たちが、驚き、戸惑って問いかける。その疑問はもっともだと汀一は思い、こっちが教えてほしい、とも思った。

＊　＊　＊

何者かに取り憑かれた祐が物置から姿を消したその直後から、金沢市内に激しい雪が降り始めた。

怒濤の勢いで降る大粒な牡丹雪は、「年末年始はおおむね晴れ」という予報を嘲笑うかのように、わずか小一時間で金沢市全域、特に中心部を真っ白に染めてしまった。

「……こりゃあひどいなあ。小春木くんだったら、『雪は小止もなく降るのである、見く内に積るのである』って、鏡花を引用したところだろうね」

蔵借堂の奥、ダイニングルームと繋がった洋風のリビングである。単身で地下の物置の点検を終えて戻ってきた瀬戸は、窓の外を眺めて溜息を落とした。積雪量は早くも五十センチを超えており、細い裏路地は白一色だ。

「蒼十郎も悪い時に外出したよね。ちょっと年末の挨拶回りを頼んだだけだったのに、この塩梅じゃ戻って来られるかどうか」

「あ、あの……物置の方は……？」

肩をすくめる瀬戸に問いかけたのは、ホットカーペットの上に正座していた汀一だった。その顔は依然青ざめたままで、肩は小さく縮こまっている。傍らでは、不安な顔の時雨と亜香里が、どうだったんだ、と言いたげに瀬戸を見ていた。瀬戸は三対の視線に応えるようにうなずき、重たい息を吐きながら座布団を取って腰かけた。

「思った通りだったよ。あの串の他、この前狭霧さんのところから預かってきた妖具……『雪降り入道』の笠と『山のアラシ』の鉤爪が消えてる」

「雪降り入道に、山のアラシ……？」

「雪降り入道は信濃に伝わる蓑笠姿で一本足の妖怪で、汽車を埋めるほどの大雪を降らせることができるんだ。山のアラシは下野の妖怪でね、深山で氷を削って雹を作る。まあ要するに、どっちも天候を操って大雪を呼べる妖怪で、その力が宿った妖具が持ち去られちゃったわけ」

「じゃあ、この天気は――」

「そういうことだろうねえ。小春木くんに取り憑いたという彼が、うちから持っていった妖具を使ってるんだよ。えらいことになっちゃったよねえ……」

　腕を組んだ瀬戸が再度大きな溜息を落とす。普段は気さくな瀬戸の深刻な物言いは、ただならぬ事態が起きてしまっていることを改めて汀一たちに突き付けた。一瞬リビングが静まりかえり、少し間を置いて時雨が神妙な声を発する。

「『彼』とは誰なんですか？　小春木さんに憑依しているのは何者なんです？　汀一の話からすると、箱の中の鉄串に宿っていたもののようですが」

「……白頭（しらこび）だ」

　ぼそりと答えたのは意外にも汀一だった。え、と時雨と亜香里が問い返した先で、汀一は瀬戸を見つめたまま「ですよね」と問いかける。

「箱の蓋の内側に、その名前が書いてあるのを見ました。『白頭遺物』って」

「ああ、あれを見たのかい。うん、考えたくはないけど……そういうことだろうねえ」

「待ってください瀬戸さん。白頭というのは、あの白頭ですか？　卯辰山で小春木さんと相対した際、汀一が憑依された振りをした？　鹿島の古い神社を根城とした、赤ん坊を鉄串で刺して食らうような凶悪な妖怪で」

「明治時代に小春木先輩のご先祖様がやっつけた、っていう……？」

「それさ。時雨くんと亜香里ちゃんの言う通りだ。物置の鉄串はね、その彼の得物だったんだ。もう百年以上も経っているし、とっくに怨念も薄れて消えていると思っていたんだけれど……」

僕の読みが甘かった、と言いたげに、瀬戸が顔を伏せて首を振る。その重たい吐息を聞きながら三人の高校生は顔を見合わせた。そういうことかと時雨がうなずく。

「退治されてもなお、白頭の遺志は自分の武器に宿り続けていて……かつて自分自身を打ち滅ぼした小春木家の末裔の体を奪ったんだ」

「小春木先輩何も悪くないじゃない！　じゃあ、だったらこの大雪は」

「小春木家と街と人間、自分に与しなかった妖怪たちへの復讐なんだろう。凶悪な妖怪らしい無差別なやり口だ」

「なんてやつだ……！」

顔をしかめた時雨の推測を受け、汀一は素直な感想を口にした。亜香里も同感なのだろう、「許せない」と窓の外をキッと睨む。だが瀬戸は、そんな三人に同調するかと思いきや、いたたまれない顔で「んー」と唸り、少し思案した後、顔を上げた。

「……それは、ちょっと違うかなあ」

「え？　違うって、瀬戸さん、それはどういう……」

「うん。目的が復讐というのはその通りだと思うよ。ただ、僕は、彼の――白頭さんの気持ちもね。実を言えば少しは分かるんだ」

あえてさん付けで白頭の名を呼ぶと、瀬戸は「いい機会だから話しておこう」と前置きし、ゆっくりと三人を見回した。

白頭は決して今語られているような凶悪な妖怪ではなかったんだ、と瀬戸は語った。

そもそも白頭は、北陸屈指の大霊山である白山で狐狸や禽獣系統の妖怪を束ねていた大親分であった。その名は白山の頭領であることに由来しており、多少偏屈なところはあるものの、自身の眷属と人とのかかわり方にも気を配る白頭は、妖怪のみならず山麓の人間たちにも知られ、敬われ、畏怖されていたのだという。

だが、時代が変わり、近代化の波が押し寄せる中で、人間たちは妖怪との付き合い方を変え始めた。霊山やそこに住まう妖怪に畏敬の念を向けたところで、得られる物はせいぜい多少の安寧くらいだ。だったら森や山を切り崩して開発を進めた方が利が多いのではないかと思う人間が増えてきたのである。

やがて白頭の眷属たちは徐々に住処を追われるようになり、狭霧を頼ってどこかへ消えたり、既に金沢に根付いていた瀬戸のように、人に交じって生きることを選んだりするのも出始めた。そして、そんな中で白頭もまた、少しずつ考え方を変えていった。

向こうがそう来るのなら抗うのが当然ではないか――と。

かくして白頭は単身で山の麓の廃神社に留まり、人に牙を剥き始めた。得物は、自身の住処に打ち込まれた銃弾や測量用の杭を一纏めに捻り上げて作った鉄串である。

それはいわば一種の抵抗運動であり、後に語られるような、赤ん坊を襲って食らうような非道なことはしなかった。だが、伝言を繰り返す中でその凶悪さは誇張され、やがて金沢から警官隊が派遣されるに至ってしまう。

唯一現存している白頭についての資料では、警官が一対一の格闘で打ち負かしたかのように語られているが、実際のところ、武家の血を引く隊長——つまり祐の先祖——は、大人数の警官隊を引き連れていた。近代的な装備に身を固めた警官隊に対し、白頭は、元は名のある大妖怪とは言えたった一体で、しかも自身の力の根源であった人間たちからの畏敬の念を失っていた。これで勝負になるはずもない。戦いと呼べるほどの戦いもないまま、白頭はあえなく射殺された。

その後、妖怪白頭の名は——おそらくは人々の無意識的なうしろめたさにより——急速に忘れ去られていった。

もともと口伝えのみで語られていた伝承であるため、語る者や思い出す者がいなければ消えるのはあっと言う間だった。辛うじて残された短い記録も、凶暴さのみを強調した、しかも不確かで適当な内容でしかなく、かくして、白山の妖怪の長であった白頭の名前と存在は、この世界からほぼ完全に忘失された。

瀬戸に出来ることは何もなく、ただ、残されていた串を回収するのが精一杯だった——。

予想外でしかも重たい真相に、聞き手の三人が互いに視線を交わす。最初に口を開いたのは時雨だった。

「……そうだったんですね。白頭は、現在語られているような凶悪な妖怪ではなく、ただ時代の流れに合わせられなかった……合わせることを良しとできなかった妖怪……」

「そんな目に遭ったなら、やり返したくなるのも当然だとは思うけど……てか、人の態度ってそんなあっさり変わるもんなんですか？　その時代の人たちにしてみれば、白頭はちょっと前まで敬ってた相手なんでしょう?」

「変わるよ。ちょっとしたきっかけと、あとは流れがあればあっさり変わる。葛城くん、廃仏毀釈(はいぶつきしゃく)って歴史の授業で習ったでしょう? 昨日まで拝んでた先祖代々のお寺をいきなり壊しちゃったりするわけだからね、御利益もない妖怪なんて……」

「そんな――」

瀬戸のドライなコメントに絶句する汀一。その顔を見た瀬戸は、励ますように「そう思ってくれるのは嬉しいよ」と苦笑した。「あの串は」と質問したのは亜香里である。

「どうしてずっと置いてあったの? 怨念が薄れるのを待っていたのは分かるけど」

「処分しちゃえば良かったって? まあ、そうなんだけどねえ……そこが僕や蒼十郎の甘いところで、同情しちゃったんだよ。念のために封じ札も貼ったし、言ってしまえば僕らの自己満足として残しておいたんだけど……まさか、まだ怨念がしつこく生きてたなんてねえ。どうも小春木くんに妖怪退治を促したのも彼だったわけでしょう」

「小春木さんはそう言ってました。でもどうしてそんなことを……?」

「多分、小春木家の子孫と、金沢の妖怪を敵対させようとしたんだろうね。白頭さん的には、どっちが負けても、両方滅んでも嬉しいわけだから。幸いそれは止められたけど」

「おれが箱を開けて解放しちゃったってわけですよね……。じゃあ、白頭の目的は」

「そりゃあ復讐だと思うよ。自分を滅ぼした奴も、それを見過ごした奴も、そんな連中が住んでる街も、全部憎くてたまらないんだと思う」

「そんな……。おれ、なんてことを……！　本当にごめんなさい……！」

真っ青になった汀一が震えながら頭を下げる。だが瀬戸は、声を荒らげるどころか怒る素振りすら見せず、ただやるせなく首を振った。

「仕方ないさ。むしろ謝るべきは僕や蒼十郎の方だ。白頭さんの怨念ともなれば、子供が抗えるものじゃないしね」

「……え」

瀬戸の予想外のコメントに、汀一ははっと息を呑んで固まった。全く怒られなかったこと、そして「子供」と明言されたことが一瞬遅れて突き刺さる。汀一は正座した膝の上で拳をぎゅっと握り、すがるように声を発した。

「それで……あの、おれ、どうしたら」

「君は何もしなくてもいい。もちろん時雨くんや亜香里ちゃんもね。ここから先は大人の仕事だから」

「大人の……」

「まあね。だから――」

と、瀬戸が何かを言いかけた時、リビングの一角、カラーボックスの上の固定電話が鳴った。ちょっと失敬、と立ち上がった瀬戸が受話器を取る。

「もしもし……ああ、蒼十郎かい。そっちは……なるほど。この降りようだと除雪が追い付かないのも無理はないよね」

　どうやら外出先から蒼十郎が掛けてきたようだ。汀一たちが耳をそばだてる中、瀬戸は気が重そうに続ける。

「……ああ。分かってる。まずは白頭さんを見つけないとだけど……うん、僕も金沢城だと思う。市内を見回すには丁度いい場所だし、城下町にとって城は街の象徴だ。小春木家と人間、それに人に交じる妖怪を恨んでる白頭さんなら、あそこに陣取るだろうね。吹雪を操る相手にどう近づくかも問題だけど……そうだね。槌鞍さんを叩き起こすか、最悪、狭霧さんにあちらに連れていってもらうか……。まあ、そのあたりは後でみんなと詰めよう。じゃあ、いつものところで」

　そう言って電話を切ると、瀬戸は何度目かの溜息を落とした。「どうする気です」と時雨が眉をひそめて問いかける。

「狭霧さんに連れていってもらうとも聞こえましたが、白頭の怨念をどうやって引き剝がすんですか？　まさかとは思いますが、小春木さんごと……ではないですよね」

「……うん。なるべくそうしたくないとは思う」

　電話機の前に立ったまま瀬戸が抑えた声で応じる。時雨の質問を否定しなかったことに汀一と亜香里は驚いた。

「そんな乱暴な！　ずっと封印してたわけだから、またそうすればいいんじゃないんですか？　串を小春木さんから奪ってあのお札を貼れば……！」

「理屈ではそうだけれど、それが難しいんだよ。封じ札を作り直している時間もないし、吹雪や大雪を操るとなるとその距離まで近づくことがまず困難だ。しかも相手は、とっくに消えたと見せかけて生き続けていた怨念だ。封じても同じことが起きかねない」

「そうかもだけど、でも小春木先輩ごとって――」

「亜香里ちゃんが怒るのは分かる。でもね、お化けには学校も試験もないなんて歌があるけれど、僕らには警察も裁判所もないんだよ。起きてしまったトラブルは、自分たちでどうにかこうにか収めるしかないんだ」

「そんな……」

「……悪いけど、もう話している時間はない。僕は出ないと。ああ、時雨くんと亜香里ちゃんは家から出ないこと。葛城くんは家まで車で送るから、ご家族と一緒にいなさい。今ならまだなんとか車を出せそうだから」

　汀一たちとの対話をばっさり打ち切り、瀬戸が「いいね」と念を押す。押し黙ったままの汀一たちを確認すると、瀬戸は「上着を取ってくるから少し待っていて」とドアから出ていった。リビングには三人だけが残され、ややあって、汀一の絞り出すような声がかすかに響いた。

「……おれが悪いのに……」

　自責とも問いかけとも取れるその声に、時雨も亜香里も目を逸らすだけで答えようとしない。リビングに重たく気まずい沈黙が満ちる中、汀一は、叱責されるべき状況で怒られないこと、責任を問われないことがどれほど辛いのかということを痛感していた。

＊＊＊

日が落ちて夜になると雪の勢いはいっそう強くなり、強い風までが吹き始めた。窓の外を風雪が吹き荒れる音は、まるで巨人の猛り声のようで、市民を怯えさせ、不安を煽った。

金沢にずっと住んでいるが、こんな降り方は初めてだ。明朝には屋根の雪を下ろさないと、荷重で家が潰れるかもしれない……。

深刻な顔でそう語る祖父母を、汀一は「こんな天気がそう長く続くはずはないって」「明日の雪かきならおれがやるから」と説得して落ち着かせ、寝室に送り出した上で、こっそりと勝手口から外に出た。

「うわっ……！」

変わり果てた街の様子に、汀一は目を見張り、息を呑んだ。

そこかしこに大量の雪が積み上がり、その上に細かな雪がごうごうと吹き荒れている。初雪の時の美しい様相とはまるで違う、見知った街並を白という色で無理矢理押し潰そうとしているような暴力的で圧倒的な光景に、汀一は防寒装備で固めた体を震わせた。

立ち尽くしている間にも、真横から吹き付けてくる雪は顔に張り付き、体温をどんどん奪っていく。驚いてる場合じゃないぞと自分に言い聞かせ、汀一は雪で埋まった道に足を踏み出した。

こんな天気の中、しかも夜中に外出する人がそうそういるはずもない。店も早めに閉めてしまっているところが多く、いつもは賑やかな百万石通りに出ても、さらには飲み屋の多い武蔵に至ってもなお人の気配はなく、聞こえるのは雪の吹き荒れる音だけだった。

「……すごいな」

近江町市場前の交差点で、汀一は思わずつぶやいた。普段なら看板が煌々と輝き、バスやタクシーや自家用車、観光客に地元民が行き交っているはずの——今は信号と街灯くらいしか光源のない——交差点の脇、地下道の入り口近くには、三メートルほどの雪の山ができている。近くの人が雪の捨て場がなくて積み上げたのだろうか。そう汀一が思ったのと同時に、雪の山がぐらりと動いた。

「え。え？」

戸惑いながら見据えた先で、うずたかく積み上がった雪がぶるぶると震える。台形だった雪の山はあっという間に直径三メートルほどの雪の球体へと形を変え、汀一の方へ向かって転がり始めた。

「な——何これ？」

どう考えても自然現象じゃないし、だとしたら妖怪か？　しかしよりによってこんな時に出なくても……！

心の中で叫びながら汀一はとっさに飛びのき、派手に転んだ。幸い周りは全部雪なので、転んだところで冷たいだけで痛くはない。飛び起きて振り返ると、雪の玉は街灯の支柱にぶつかって砕けていたが、その破片はスルスルと集まって再び球状になり、またも汀一目掛けて転がってくる。

「なんだ、こいつ⁉　てかさっきより速いし……！」

　雪の積もった無人の大通りを必死に走る汀一だったが、雪の塊は雪だるまを作る時のように巨大化しながら速度を上げて追いすがる。そして、もう駄目だと汀一が諦めかけた、その矢先。

「『牛クロモジにボーシ、あめうじがわの八つ結ばえ、締めつけ履いたら如何なるものもかのうまい』！」

　意味の分からない早口の宣言が汀一の背後で轟いた。その聞き覚えのある声につい立ち止まって振り向いた瞬間、傘を掲げた細身のシルエットの向こうで、五メートル近くにまで育っていた雪の玉が爆散した。

「わっ？」

　反射的に頭を庇ってうずくまる汀一。砕けた雪の塊が頭上から降り注ぐ中、いつの間にかそこにいた細身の人影は赤黒い傘を掲げて自身と汀一とを庇い、その上で汀一を見下ろし、口を開いた。

「無事だったか」

「し、時雨……！」

　ロングコートにマフラーにブーツ姿で傘を掲げる友人の名を、汀一が感極まって口にする。そうだ、と時雨がうなずき、そこにもう一つの声が投げかけられる。

「わたしもいるよ。大丈夫だった、汀一？」

「え。あ、亜香里？ ……幻じゃないよね」

「だからなんでそうわたしを幻覚にしたがるわけ？ 本人です」

雪を避けているのだろう、地下道の入り口の屋根の下でファー付きのフードを被った亜香里が呆れてみせる。どうやら本物のようだ。汀一は盛大に安堵し、すぐ傍で傘を掲げてくれている時雨に向き直った。時雨の力のおかげなのだろう、不思議なことに傘の下には雪も風も吹きこんでこない。

「今のインディ・ジョーンズみたいな雪の玉は何？ あれ、妖怪だよね」

「ユキノドウだ。飛騨（ひだ）の豪雪地帯に伝わる雪の妖怪で、決まった形を持っておらず、雪玉や人型などの形で現れる。一定量の雪でしかない存在だから、切っても潰しても倒せないが、特定の呪文で撃退できると伝わっている」

「あー、今叫んでた牛がどうこうってのがその呪文ってわけか。てかさ、金沢ってあんなの普通に出るの？ すげえ怖いんだけど」

「あんなものがそうそう出てたまるか。おそらく白頭のせいだ。怨念と妖具で呼ばれた雪を媒体に、自然現象に近いタイプの雪の妖怪が市内のあちこちで姿を見せている」

「え。今のやつだけじゃなくて……？ そうなの？ そうなの亜香里」

「うん。来る途中にも一体いたし。燃える雪の塊を胸から千切って投げてくるやつ」

「ユキンボだな。丹後で語られる、松脂と雪が混じった妖怪だ。体内の松脂成分を燃やすことができ、燃え盛る雪玉を投げつけて人を焼き殺そうとする」

「雪の妖怪ってそんなのもいるんだ。アクションゲームの敵みたいだね……。でも、二人とも無事で良かったよ」

亜香里と時雨の言葉に素直な感想を返し、その上で汀一は改めて二人の友人の姿を見比べた。出会えたのは嬉しいし心強いが、それはそれとして聞きたいことはある。

「で。二人はどうしてここに？」

「それはこっちのセリフなんだが？」

「そうだよ。なんでこんな時にこんな場所を一人で歩いてたわけ？」

時雨と亜香里のダイレクトな詰問が投げ返される。汀一は「う」と短く唸り、つい二人から視線を逸らした後、口を開いた。ここで隠しても仕方ない。

「小春木さんを助けたくて……」

汀一にとっての祐は、知人であり友人であり尊敬の対象であり、そして何より、好きな相手が好きかもしれない人だった。そんな人が自分のために危険な目に遭っているなら、何もしないわけにはいかなかったのだ。と、それを聞いた時雨は亜香里と視線を交わし、驚きも呆れもせずにうなずいた。

「やっぱりな。僕の言った通りだったろう」

「確かに。迎えに来て正解だったね」

「え、じゃあ二人とも――」

「下で話さない？　立ち話する場所じゃないよ、ここ。寒いし風がうるさいし」

汀一の問いかけに亜香里の声が被さった。それは確かにもっともだ。というわけで三人は、ぞろぞろと交差点の地下道へと移動した。

地下は雪とは無縁とは言え、地上がこの有り様である以上地下に人がいるはずもなく、静まりかえった地下空間を蛍光灯が寂しく照らしている。吹雪の音が頭上から響く中、幅の広い通路の脇に設けられた小さな広場で、汀一は改めて自分の思いを二人に語った。

「小春木さんが乗っ取られたのはおれの責任だから」と語る汀一に、時雨と亜香里は「そこまで気負う必要はないだろう」「そうだよ、汀一は操られたんだから」と反論したが、汀一はきっぱり首を横に振り、さらに言葉を重ねた。

自分が常々祐に対して劣等感を覚えていたこと。いざという時に役に立たない自分がずっと情けなかったこと。白頭はその思いに付け込んだこと……。

絞り出すような吐露を時雨たちは黙って聞いていたが、汀一が、時雨や亜香里に対しても憧れの気持ちがあって……と語るに至り、亜香里が「異議あり」と挙手した。

「小春木先輩や時雨に負けた気になるのは分かるよ。小春木先輩、物知りだし、行動力もあるし。時雨も歳の割に真面目で堅いし妖具にもついて詳しいし……。でもさ、わたしは違くない？　憧れるとこ何もなくない？」

「はい？　いやおれは時雨よりむしろ亜香里の方がすごいって思ってるんだけど……。

しっかりしてて頼もしいよね、亜香里。自分に自信があるって言うか」

「わたしが？　ないない。全然ないよ」

　亜香里の堂々とした否定の声が三人しかいない地下街に響いた。え、と驚く汀一を、亜香里が真っ向からまっすぐ見返し胸を張る。

「わたし怖がりだし適当だし、すぐ話を合わせちゃうし、本気になるの恥ずかしがっちゃうし、そういうところ変えたいと思ってるもん。わたしに言わせれば、汀一の方が羨ましいよ」

「え。そうなの？」

「……それについては僕も同感だ」

　ぼそりと口を挟んだのは時雨だった。汀一と亜香里が向き直った先で、畳んだ傘を持っていた唐傘の妖怪の少年は、コートの下の肩を軽くすくめて言葉を重ねた。

「確かに僕は、汀一にはないものを持ってはいるだろう。人間にはない力だってある。それは否定しないし、汀一がそれを羨み、あるいは自分と比べて落ち込むこともあるというのも理解できるが……だが、汀一には汀一の良さがあるとも僕は思う。亜香里も言ったが、僕だって、君の屈託のなさや人当たりの良さに憧れたことは一度ではない」

「そ、そうなんだ……。いや、でも、おれ全然大したことないよ？」

「……おそらく、それはみんなそうなんだ。人は誰しも、自分に対して劣等感を持ち、自分以外の誰かを羨ましく感じてしまうものなんだと思う。僕も、亜香里も、それに小春木さんも」

「小春木さんも……？」

「ああ。湯涌温泉から帰った少し後、彼と二人で話す機会があったんだ。狭霧さんの宿から逃げた時、汀一は森の中で足を止め、動物にされた人たちに呼びかけたろう？　あの行動を見て汀一を尊敬した、そして、そうできなかった自分を情けなく思ったと、小春木さんは語っていた」

「……はー。そうなんだ。そっか」

気の抜けたような、それでいて安堵したような声が汀一の口から漏れた。

自分にも憧れられる部分があるのだという話は正直、全くぴんと来なかったが、心が軽くなったのは確かだった。ありがとうと頭を下げると、亜香里は「どういたしまして」と笑い、思い出したように付け足した。

「あとさ。話聞いてて思ったんだけど、汀一、わたしが小春木先輩のこと好きだと思ってない？　違うからね？」

「いやそんなことは――は？　違うの？」

「違います。いい人だし尊敬もしてるけど、恋愛感情はありません」

「そ、そっか……。へー、そうだったんだ……。そうだったんだ、だってさ時雨！」

「なぜそんな嬉しそうに僕に振る？　それより問題は小春木さんと白頭だ。君は一体全体、一人で何をどうするつもりだったんだ」

呆れ顔の時雨が汀一を見つめる。そうそう、今はそっちに集中だ。浮つきかけた心を無理矢理引き戻し、汀一は二人に自分なりに立てていた計画を——蔵借堂へ向かっていた理由を話して聞かせた。一通りを聞いた時雨が「なるほど」と唸り、神妙な顔で亜香里に横目を向ける。

「亜香里はどう思う？」

「悪くない作戦だと思うよ。……でも、やるなら急がないと」

「だな。瀬戸さんたちが事を起こす前に、金沢城の小春木さんと接触しなければ……」

「あの、そこなんだけど。ほんとに金沢城かな？」

汀一がぼそりと発したその問いかけに、今にも立ち上がろうとしていた時雨が無言で眉をひそめる。どういうこと、と亜香里に問われ、汀一は軽くうなずき、口を開いた。

「家で考えてたんだけどさ……」

＊　＊　＊

地下道での作戦会議から一時間余りが経った頃、汀一と時雨は二人だけで急な坂道を登っていた。

あたり一面は雪山のような豪雪に覆われ、もはやそこにあるはずのガードレールすら見えない。吹雪の勢いも凄まじかったが——だが、時雨の指す傘の中だけは例外だった。

雪も風も入ってこない静かで落ち着いた狭い空間で、時雨と並んで歩きながら、汀一は金沢に越してきて間もない頃に聞かされたことをふと思い出した。

「外側と内側を区切れる傘は、携帯できる結界……か」

「急にどうした」

「いや、改めてそうだなって思ったからさ。今更だけどすごいね、時雨。ありがとう」

「……これくらい、大した力でもない」

まんざらでもなさそうに照れた顔を逸らし、時雨は「もう少し広い範囲をカバーできれば良かったんだがな」と言い足した。

目的地に近づくにつれて雪と風はどんどん威力を増しており、しばらく前から、もはや生身では先に進むどころか後退するのも難しいレベルに達していた。時雨の傘に入れば風雪からは逃れられるのだが、傘の下に入れるのは広さ的に時雨を含めて二人が限界だ。三人以上は守り切れないと時雨は主張し、協議の結果、亜香里を残して時雨と汀一が二人で祐のところに向かうことになったのだった。

「亜香里には悪いことしたよね」と汀一がこぼすと、それを聞きつけたように街灯が強く瞬いた。対象の行く道の照明を操る、亜香里の——妖怪「送り提灯」の——力である。道筋を照らしてくれている亜香里に汀一は改めて感謝し、積もった雪をしっかり踏みしめながら、隣の時雨に問いかけた。

「……あのさ。今更だけど、ほんとにここだと思う？　もし金沢城だったら」

「その時は諦めるしかないな。だが、僕は汀一の考えに道理を感じた。白頭が瀬戸さんの言った通りの妖怪なら、城よりもむしろここを選ぶだろうし――それに何より、この吹雪の強さだ」

「来るなって言ってる気がするよね……」

「同感だ」

そう言って時雨はうなずき、また一歩足を踏み出した。半年間こうして並んで歩いてきた仲なので、お互い歩調を合わせるのは慣れている。

二人はそれからしばらく黙々と雪中を進み、やがて目的地が近づいたころ、汀一はまた口を開いた。

「時雨、ほんとにいいの？」

「何がだ？」

「今からやろうとしてることだよ。作戦はあるにはあるけど、相手は大妖怪の百年越しの怨念だろ。で、こっちはただの高校生なわけで、どう考えても危ないし……。それにやっぱり、小春木さんが操られたのはおれが付け込まれたせいだと思うんだ」

「しつこいぞ。その話はもう」

「うん。劣等感はみんな持ってるものだってことは分かったよ。でも、それはそれでこれはこれだよ。これはおれがなんとかすべきことだと思うし……だから時雨、もし、まだおれへの借りを返すとか思ってるなら、引き返してくれても」

「馬鹿を言え」

　ばっさりとした断言が汀一の語りかけを遮った。馬鹿ってなんだよ。思わず見上げたその先で、時雨はまっすぐ前を向いたまま、聞き慣れた声をはっきりと発した。

「君は相変わらず考え違いをしているな。まず一つ、僕にとっての小春木さんは、素性を明かして付き合える貴重な友人だ。彼を助けたいというのは僕の意志でもあるんだ。そしてもう一点」

「何？」

「友人というのは、いてくれるだけで充分ありがたいものなんだろう」

　果織が消えてしまった夜、汀一が口にした言葉を時雨は言い切り、「だから」とさらに付け足した。

「友達が何かをしたいなら、隣にいて少しでも安心させてやりたいし、力になりたいとも思う。そう思うのはあくまで僕だから――だから、これはやっぱり僕の問題だ。君にどうこう言われる筋合いはない」

　早口で語られたその言葉に、汀一は思わず「時雨」と名を呼び、同時に、時雨がこっちを見てくれない理由に気が付いた。

　うじうじと優柔不断な汀一に呆れ、怒っているのかと思ったが、どうやら違う。これはおそらく単に照れているのだ。実際、よく見れば白い肌が薄赤く紅潮している。

「そういうところは時雨だなあ」

「何がだ」

「なんでもない。……でも、ありがとう」

「だから何がだ？　と言うか、礼を言われることじゃない」

いっそう照れた時雨が目を逸らす。だからそういうところだよ、と汀一は笑い、視線を荒れ狂う吹雪の奥の暗闇へと向けた。

今から自分は、とんでもなく恐ろしい妖怪相手に、ほとんど勝ち目のない戦いを挑むことになる。それが怖くないと言えば大嘘になる。

だけど、こいつが隣にいてくれると、なぜか怖くないんだよな、と汀一は思った。

＊　＊　＊

「……ほう」

吹雪の吹き荒れる眼下の街を眺めていた祐は、背後に気配を感じて振り向き、感心するような声を発した。

淡いグリーンの着物を纏い、長い髪を真ん中で分け、鼻の上には古風な丸眼鏡。首の後ろに古びた大きな笠を提げ、左手には鉤爪状の道具を、右手には黒ずんだ鉄の串を携えている。雪降り入道の笠と山のアラシの鉤爪を装備し、自らの怨念の宿った串を手にした祐……いや、白頭は、豪雪の中に立つ相合傘の二人連れを前にして、意外そうに眉をひそめた。

「よくここまで来られたものだな。この一帯には、街中よりもいっそう強く雪と風を舞わせてある。並の人間や妖怪では、近づくことすら能わぬはずだが——ああ、そうか。その傘か。お前の持つその傘は——」

「そう。『手形傘』だ。妖怪と人が約定を交わした時に生まれる妖具で、僕のような傘の妖怪の力を格段に引き上げてくれる。使い方を誤ると危険だからと、店の蔵に仕舞われていたんだが」

「今回は非常事態だからね。瀬戸さんや北四方木さんにはあとで謝るってことで」

「勝手に持ち出してきたというわけか。……しかし、解せぬことがもう一つ。なぜ私がここに——卯辰山の見晴らし台にいると分かった？」

数メートルの距離を取って相対したまま、白頭が時雨と汀一に問いかける。さすがに大妖怪だけあって、立ち居振る舞いにいちいち威圧感があるが、ここで気圧されていては話にならない。

荒れる吹雪を背景に立つ白頭を前に、汀一は太腿から下を雪に埋めながら「考えたからだ！」と答え、「前に小春木さんから聞いた話がヒントになって」と付け足した。

——鏡花の母が埋葬された望湖台のあたりまで登れば見晴らし台があります。よく晴れた日には、金沢の街のみならず、南は遥か白山から、北は日本海までが一望できる……。

この卯辰山、江戸時代の前期には、『金沢城や城下町を見下ろしてはならない』という理由で立ち入りが禁じられていたそうですが、それもうなずける絶景です。

「お前が、元は白山の妖怪の主で、この街の人も妖怪も憎んでるなら……昔の自分の縄張りの見える場所、それもできれば山の上から、城を含めた街全部を見下ろしたいはずだと思ったんだ」

「ほう。少しは頭が回るようだな。もっとも、この悪天では、白山どころか街の様子もろくに見えやしないわけだがな」

汀一の推理に軽く感心してみせた後、白頭は振り返って見晴らし台を囲う柵越しに眼下を眺め、口角を上げて自嘲した。祐とはまるで違うその笑い方に、汀一と時雨の体がぞくりと冷える。と、白頭は、揃って黙り込んだ二人を見て、不機嫌そうに顔をしかめた。

「しかし、気に食わんな」

「な、何が――」

「人と妖怪が仲良く連れ立っていることだ。それに、お前たちが来たところで何ができる？　ただの子供と唐傘風情に、この白頭の相手は荷が重かろう」

「分かってるよ、そんなことは」

「……何？」

「そんなことは言われなくても分かってるって言ったんだ！　時雨！」

「よ――よし！」

自分を鼓舞するためだろう、いきなり大きな声を発した汀一に合わせ、時雨がいつの間にかコートのポケットから抜き出していた葉書サイズの薄い布の端を破った。

瞬間、蚊帳吊り狸の力が発動した。汀一と時雨、それに白頭の周囲が青白い紗に囲われ、猛烈な勢いで吹き荒れていた吹雪が掻き消える。

一変した光景に息を呑む白頭。風と雪が止み、白頭がたじろいだその隙を突くように、汀一はリュックに手を突っ込み、古びた木彫りの鬼の面を取り出しながら雪を蹴った。

一気に白頭との距離を詰めた汀一が勢い任せに飛び掛かり、白頭の顔に鬼の面を——一度被ったら最後、思考を支配して自我を奪う肉付面を押し付ける。

「がっ——」

意味をなさない言葉を発し、祐の五体がびくんと硬直した。

汀一は派手に雪の中に転がり、跳ね起きて白頭を見据えた。鬼面を被せられた白頭は立ち尽くしたまま動かない。それを確認した汀一と時雨は視線を交わしてうなずきあった。

祐に憑依した白頭が吹雪を操るから厄介だというのなら、まずは蚊帳吊り狸で天候とは無関係な場所へ隔離してやればいい。その上で、意思を奪う肉付面を被せれば、祐の体の中で白頭と面の二系統の命令がバッティングし、一時的にせよ、白頭のコントロールが利かなくなるはずだ。ここまでは作戦通り、あとは——。

「今のうちに、こいつで——！」

再度白頭に駆け寄った汀一が、ダウンジャケットのポケットから取り出した古びた紙片を鉄の串に押し付ける。

これこそ、蔵借堂の物置で白頭の串を封じていた箱に貼られていた封じ札であった。

これがまだ残っていることに汀一が気付いたのは、帰宅後、風呂に入るために脱いだ服を洗濯籠に入れた時だった。白頭に操られてこれを剝がした時、無意識にポケットに突っ込んでいたらしい。

箱に貼るだけで効き目があった代物なのだから、直接貼り付けてやれば必ず白頭の怨念を封じられるはずだ。汀一はそう信じていたし、それは時雨も、今はこの場にいない亜香里も同様だった。

だったのだが。

「……どんな計略かと思えば。期待するだけ損だったな」

乾いた失望の声を響かせ、白頭は鉄串に貼られた札を無造作に剝がして投げ捨てた。

え、と戸惑う汀一と時雨。自分を挟んで立つ二人の視線を浴びながら、白頭はさらに肉付面をあっさり外してこれも投げ捨て、鉄串をブンと振り抜いて四方を囲う紗を掻き消してみせた。周囲の光景が豪雪に見舞われた卯辰山の見晴らし台へと戻る。

「寒っ！　え？　嘘？　な、なんで……なんで？」

「とりあえず一旦傘に戻れ汀一！　手形傘の下でないと、吹き飛ばされるか凍死するかの二択だぞ！」

「わ、分かった！　でも、でもさ、どうして」

「格が違うからだ」

慌てて時雨の傘の下に逃げ込んだ汀一の問いを受け、白頭の即答が雪中に響く。愕然とする二人を前に、白頭はさらに軽く肩をすくめて続けた。

「この白頭、かつては白山系統の同族の頭目だった身だ。蚊帳吊り狸程度の術なら打ち消すのはわけもないし、一度奪った体を、たかが古びた面一つに横取りされるはずもない。封じ札を放置しておいたのは、もはや効かぬからだと気付かなかったか？」

「え⁉　うっかり忘れてたんじゃなかったの……？」

「くそ……！」

「お前たちのその顔を見るに、もう手は尽きたようだな。たかが子供二匹、わざわざ手に掛けるまでもない……。そこで指をくわえて、忌まわしい街が雪に埋もれるのを見届けるがいい」

「そんな……。いや、でも、だったらせめて小春木さんから離れろよ！」

もはや興味が尽きたのだろう、自分たちに背を向けた白頭に、汀一は思わず声を荒らげていた。落ち着け、と時雨に肩を押さえられながら、汀一は雪の中で街を見下ろす白頭に向かってさらに叫んだ。

「だってその人は関係ないだろ、何も！　お前を退治した人の子孫かもだけど小春木さん本人は何もやってないだろ？　お母さんの思い出の場所で、生まれ故郷がめちゃくちゃになるのを見せられるって、それはいくらなんでも酷すぎるよ……！　頼む、おれにできることならなんでもするから――」

「ほう」

「おい！　何を言うんだ汀一！　それならいっそ僕が」

「いや時雨は違うだろ？　おれがやらかしたんだから、おれが……」

「見苦しいな。万策尽きて懇願か」

　傘の下で言い争う二人を見返し、白頭が盛大に呆れてみせる。今や祐の体を完全に乗っ取った大妖怪の怨念は、自分の体の支配者を見せつけるかのように鉄串を掲げ、「諦めろ」と言い放った。

「お前たちに贖う術は何もない。特に人間――確か、葛城汀一と言ったか。お前には何もできはしないのだ、絶対に。人と妖怪はそもそも在り方からして違う。通じ合うことは不可能だ」

「え。でも」

「往生際が悪いぞ。諦めて現実を受け入れろ。それが嫌なら、今のお前に何ができるか言ってみるがいい。……ああ、先に言っておくが、お前の体を寄越すなどという提案は受け付けぬからな」

「う」

「……図星か。この妖怪の血が混じっている体の方が、お前よりよほど使い勝手はいいからな。さあ、お前に何ができる？」

「それは――え、ええと……」

なんの期待も感じられない冷え切った視線を向けられながら、汀一は必死に考えた。

おそらくこれが祐を取り返す最後のチャンスだ。ここで白頭を止めなければ――それが無理でもせめて興味を引けなければ――こいつはもう耳を貸してくれないだろう。

助けを求めて横目を向けたりもしてみたが、時雨も何も思いつかないようで、悔しそうに黙り込んでいる。だったら自分で考えるしかない。こいつが欲しいものは何で、自分に差し出せるものは何なのか。

猛吹雪が吹き荒れる見晴らし台で、汀一は悩み、考え、思い出し――ややあって不安げに口を開いた。

「た、確かに、おれには何もできないかもだけど……」

「けど、なんだ」

「……けどさ。白頭って妖怪がいたことは忘れないから……。絶対に」

「……何?」

汀一が小声で捻りだした提案に、白頭が意表を突かれたように息を呑む。

吹雪の中でもはっきり聞こえた白頭の声に、汀一は一瞬戸惑い、そして「あ」と声をあげていた。そうか、と汀一の胸中で声が響く。

おれも時雨も亜香里も瀬戸さんもみんな、白頭の目的は復讐だと思っていた。

その行動の原動力は、自分を追い詰めて手に掛けた人間と、それを止めなかった妖怪たちへの怒りだと思いこんでいた。でも。

「そうじゃなかったんだ……。お前は――いや、あなたは、忘れられたのが一番嫌だったんじゃないんですか、もしかして？　白山ってすごい山の妖怪の親分で、人間にも畏れられてたのに……なのに、ただの危険な妖怪扱いで退治されて、語られなくなって、残ったのは適当で雑な記録だけ、しかもそれすらほとんど知られないまま忘れられちゃって――それが一番許せなかったから……！」

「人間が分かったような口を利くな！」

「ひいっ！　す、すみません！　で、でも、おれ……分かりますよ、それ！」

白頭に睨まれて震えあがりながらもなお汀一が食い下がる。白頭は黙ったまま何も言わない。続きを促しているのだと汀一は理解し、姿勢を正して口早に言葉を重ねた。

「おれ……金沢に来て、ここにいる時雨と知り合って、蔵借堂でバイトするようになって、半年になるんです。その間色々あって、いろんなことも知りました。小春木さんのお母さんのこととか、鈴森さんのお祖父さんと寺町の古屋のこと、狭霧さんのところで聞いた、どこかに行っちゃう妖怪たちの話……それに、氷柱女の果織のことも……って、なんのことだか分からないと思いますけど、とにかく色々あって……で、いろんな話を聞いて、自分でも体験したことで、妖怪だからって全員が不死身なわけじゃなくて、いなくなってしまう人も多いって知ったんです！　そういう人たちのことを忘れてしまうのも――忘れられちゃうのも――どっちも辛いし、悲しいってことも……！　だから、ええと、その――そう思うのは人も妖怪も一緒じゃないかって」

「人が分かったような口を利くなと言ったはずだが？」

「ひっ！　いや、で、でも、ですけど」

「――ですが、妖怪である僕はこの汀一に同感です」

　思わず震える汀一の声に時雨の語りが被さった。はっと汀一が視線を向けた先で、いつものように隣で傘を差す友人は、白頭をしっかり見据えて言った。

「あなたの言われるように、人と妖怪は確かに在り方が違う。そのことは僕も分かっているつもりです。でも、たとえ別物でも、同じ世界に生き、同じように心を持っているもの同士です。全く感じ合えないわけじゃない」

「そ、そうです！　時雨の言う通りです！　あの、いきなりなんの話だって思うかもですが、この前会った狭霧さんって妖怪が、人と妖怪の在り方は違うから住む世界も違うんだって言ってたんです。でも、おれはそれは違うんじゃないかって思ってて……。だって実際同じところに住んでるんだから！　時雨とおれが同じ街にいるみたいに！」

「そして、共に暮らしていればこそ、共感し合える部分も見つけられるし、心を通わせられることもあるでしょう。少なくとも僕は彼と友好を結び、友人関係を築いているつもりです。そうだな、汀一？」

「え。何いきなり。改まって聞かれると照れるんだけど」

「ここで恥ずかしがってどうする！　僕も恥ずかしくなってくるだろう」

「ご、ごめん！　……はい、そうです。友達です」

そう言って軽く頭を掻き、汀一は改めて白頭に向き直った。心なしか威圧感が薄れたその姿を前に、言うべき言葉、語りたい言葉をさらに探して口にする。

「ええと……あなたの怒りが全部理解できるだなんてことは言えませんし、誰もが仲良くやれるなんてこともないと思います。残念だけど……。でも、人だからとか妖怪だからとか関係なく、意外な相手と案外上手くいくことって、結構あるとも思うんです！」

「そして、そうやってできあがった関係性の中であれば、いなくなった誰かのことを記憶し続けることはできる」

「そ、そうそう！　それに語り継ぐことだって……。ほら、持ち主がいなくなった後でも、残された道具があったなら」

「それをきっかけに話が残っていくように……」

汀一の言葉を時雨が受け、それをまた汀一が受ける。お互い、性格は全く違っていても、相手のことはよく知っているし、こういう時にどう考えるのかも分かっている。だよな、などといちいち確認する必要はもはやない。まるで二人で一人のように汀一と時雨は言葉を紡いでいき、その語りに、白頭はしばし静かに耳を傾け――ふいに、軽く笑った。

「……なるほど。よく分かった」

「え。分かったって――」

「何がです？」

「お前たちが確かに仲の良い友人同士であるらしい、ということだ」

たり」

「え？　そ、それはどうも……。じゃあ小春木さんを返して雪を降らせるのを止めてくれ

「何が『じゃあ』だ。それとこれとは全く別の話だろう」

「う！　ま、まあ、そうですよね……」

一瞬だけ輝かせた目をすぐに伏せしょんぼりする汀一である。当たり前だと白頭が腕を組んで呆れた。

「私の存在を葬り去ろうとした連中への憎しみは決して拭いきれるものではないし、打ち滅ぼされたことのへ怒りは捨てようもない。それはもはや揺るがぬ事実だ。分かるな」

「……はい」

「素直なやつだな。――だがな、人間……いいや、葛城汀一。それに濡神時雨」

「え」

「なんでしょう……？」

「……お前たちに、一つ気付かされたことがある。私が憎いのは、今を生きるお前たちでも、今この街に暮らす連中でもなかったのだ、ということを」

フルネームで呼ばれた二人がはっと見つめたその先で、白頭は肩をすくめて自嘲し、身に帯びていた妖具、それに自身の怨念の籠もった鉄串を雪の上に投げ出したかと思うと、ふっと祐の体から抜けた。

――私にも、そうやって並び立ってくれる友がいれば、何か変わっていたのかもな。

白頭は最後に二人にそう告げたようにも思えたが、それを聞き返す間もなく、かつて白山にその名を轟かせた大妖怪の怨念は——怨念だったものは——あっさりと冬の空に溶けて消えた。

同時に、意識を失った祐の体がばたりと雪の上に倒れ、荒れ狂っていた吹雪が止まる。

「……止んだ」

誰に言うともなく時雨がつぶやき傘を下ろす。

あまりにもあっさりした終局だったが、どうやら終わったということらしい。二人はしばらく顔を見合わせた後、嘘のように澄み渡った冬空と、雪に覆われた街とを見た。

空を埋めていた雪雲は綺麗さっぱり消えており、星がくっきりと瞬いている。

月の光が雪に反射しているため、川に挟まれ城を頂いた金沢の街のみならず、金沢港の海岸線、さらには白山から連なる山々の稜線まではっきり見てとることができた。

パノラマのような、あるいは絵画のような幻想的な光景に、汀一は息を止め、目を見開いて見入った。

「すごい……！　ここからだとほんとに、山から海まで全部見えるんだね……！」

「まあ、小さな街だからな」

傘を雪に突き刺した時雨が祐を抱え起こしながら謙遜する。それはそうかもしれないけど、と汀一は言い、すっかり軽くなった鉄の串を拾い上げて「でも」と続けた。

「いい街だと思うよ。おれは好きだ」

シラコビ（白頭）：その正体ははっきりしないが、タヌキかキツネの年とったものであったらしい。のらに出て働いて帰って来てみると、生まれて間もない赤ん坊が、小鳥を串ざしにしたように、串にさして囲炉裏にあぶってあった。これはシラコビの仕業である。このように、毎晩お宮にシラコビが出たのであるが、ある日、巡査であった元応という人が、このシラコビと格闘のすえ、とうとうシラコビを打ち負かした。それからというもの、このおそろしいシラコビは出なくなったという。

（若月麗子「半浦の伝説」より）

エピローグ

　年が明けた一月二日、汀一は時雨と二人で蔵借堂近くの神社へ足を運んだ。

　市街のところどころには溶けかかった雪の塊がまだ残っていたが、大雪の痕跡はそれくらいで、街の様子はすっかり平静に戻っている。

　あの一件後、白頭の怨念が宿っていた串は再び蔵借堂の物置に収められた。「もう物々しい封印はいらないね」と瀬戸は言い、汀一たちもそれに賛同した。祐はあっさり意識を取り戻し、体に後遺症も残っていない。つまりおおむね元通りである。

　ほとんどシャーベットのようになった雪を避けて暗がり坂を登りながら、汀一はやれやれと溜息を吐いた。

「せっかく来たのに亜香里がいないなんてなー。学校の友達と初詣に行ったなら、そう言ってくれれば」

「亜香里なら大晦日にもその前にも会ったろう」

「それはそうなんだけど、まだ面と向かって『明けましておめでとう』って言ってないんだよ、おれ。てか時雨、妖怪って神社大丈夫なの？　溶けちゃったりしない？」

「人をなんだと思っているんだ。……まあ、そういう妖怪もいるのかもしれないが、僕の場合は問題ない。唐傘の妖怪は神社に出ることもあるわけだし。と言うか君とは市内の神社に何度も一緒に行っているだろう。案内させられたことは忘れていないぞ」

「そう言えばそうだった」

気楽な会話を交わしつつ石段を登り切り、右へ折れると、青緑の屋根を掲げた古い社が現れる。久保市乙剣宮である。

この神社の向かいには、かつて鏡花の初恋の女性の生家である時計屋があったそうだ。以前祐から教えてもらった豆知識が蘇り、それに釣られてか、汀一は先日の一件が解決した後、祐がゆっくり語った言葉を思い出していた。

――何があったのかは概ね覚えています。……ええ、完全に白頭に乗っ取られてはいましたが、おぼろげながら意識はあったんですよ。自分の体を誰かが動かしているのを舞台袖から見ているような感覚でした。

――凡庸な表現になってしまいますが、不幸な出来事だったと思います。誰が悪かったと言い切ることはできませんが……でも、誰も悪くなかった、時代の流れが生んだ不可避の事件だったと断じることもぼくはしたくない。

――人であれ妖怪であれ、心のある者は誰でも、怒りで視野が狭くなることもあれば、間違いを犯すこともあり、騙されたり煽動されたりもしてしまう。白頭に利用されて妖怪を敵視してしまったぼくのように……。

――心の在りようというのは、今も昔も本質的なところは不変なのでしょう。だからこそぼくらは、過去に書かれた物語を我が事のように味わえる。

――ですが、今という一番新しい時代を生きているぼくらには、先人の遺した記録があります。想像力の限りを尽くして書かれた数多の思考実験……文学という財産も。

――それらを踏まえ、そこから学び、これから起こる不幸を少しでも減らしていく……。それが、今のぼくらにできることなのかもしれません。

――古人曰く、冬来たりなば春遠からじ……。辛く厳しい冬の後には、暖かく住みよい春が来るもの。願わくば、ぼくは春を招く一助となりたい。『忘れない』という、あの葛城くんの言葉を聞いて、ぼくはそんな風に思いました。

そうそう、卯辰山から下りながら、小春木さんはそんなことを言っていたっけ。いかにも彼らしい感想だなあと思ったことを回想しつつ、汀一は時雨と並んで社の前に立った。鈴を鳴らして賽銭を入れ、目をつぶって手を合わせる。

「立派な妖具職人に一歩でも近づけますように」

いかにも時雨らしい願い事がすぐ隣から響き、それを聞いた汀一は少し考えた。

自分の願いはなんだろうか、と。

妖怪には妖怪なりの思いや悩みがあるということを、この半年間で汀一ははっきりと学んでおり、そして、できることならそんな妖怪たちの力になりたいと思い始めている自分にも気が付いていた。

具体的にどうしたらいいのかは分からない。なんの力もない平凡な高校生がそんなことを思うなどおこがましいのかもしれない。

でも、と汀一は心の中で反論した。

ただの人間だからこそできることもあるだろう。その何かを見つけるためにも、蔵借堂で、隣にいる真面目で堅物で気のいい友人や亜香里たちと一緒に時間を過ごしながら可能性を模索してみたい。その気持ちは汀一の中に確かにあった。

顔を上げ、視線を右斜め上——南東方向へと向けてみると、雲を被った山々が社の瓦屋根の向こうに見えた。

雲が濃いので白山までは見えないが、かつて白頭が陣取った霊山は、何事もなかったかのようにあの雲の向こうにそびえているのだろう。その堂々とした光景を想像しながら、汀一は社に向き直り、「だから」と心の中で新春の誓いを告げた。

だからどうか——見ていてください。

神様と、そして白頭に心の中でそう宣言し、汀一は手を叩き、深く頭を下げた。

あとがき

　この作品はフィクションです。作中で言及される伝承などは実在の資料を参考にしていますが、物語の都合に合わせて取捨選択・改変している部分もあります。特に、妖怪「白頭」の素性や設定はほぼ創作です。また、舞台となる街についても同様です。資料をまとめてくださった方や研究者の先生方にお礼を申し上げますとともに、読者の方におかれましては、作品内で語られる内容をそのまま信じられませんようお願いいたします。


　改めましてこんにちは。峰守ひろかずです。おかげさまで二巻目を出すことができまして、これはひとえに前の巻を読んで支えてくださった皆様のおかげです。登場人物一同に代わって深く御礼申し上げます。ありがとうございます!

　一巻目は梅雨時の話でしたが、今回はタイトル通り冬が来る時期の話となります。金沢は雨の街でありつつ北国ですから、雪の季節の話は書きたいなーと一巻の頃から思っていたのですが、おかげさまでこうして形にすることができました。

　今回はですね、夏が終わって少し過ごしやすくなったタイミングで新キャラの小春木祐が登場し、蔵借堂の妖怪たちとは立ち位置も素性も考え方も違うこの少年の登場をきっかけに色々なことが起こり、汀一や時雨は色々考えさせられることになる……みたいな話です。漠然とした説明で恐縮ですが、本編の前にここを読まれる方もいらっしゃるでしょうし、あんまり語ってしまうと野暮なので控えめに、ということで。そもそも連作短編集なので「今回はこういう話です」とひとくくりで言うのが難しいんですよね。

　ただ、この巻の内容を考える時には、「去ってしまうものと残されるもの」という軸がぼんやりとですがありました。これは私が変化の少ない土地に住んでるからそう思うのかもですが、金沢の街を実際に見て歩くと、新陳代謝の活発な街という印象を強く受けるわけです。これは間違いなく戦前のものだよな、みたいな古い建物があるかと思えば、その隣にめちゃくちゃ新しいお店が建っている。新しい建物が建つからには、そこにあった古い建物は家財道具もろともにどこかに行ってしまったわけで、変わる光景と変わらない光景のある街なのだなあ、みたいな。

　その印象からストレートに発想したのが第三話の「化物屋敷の夜」なのですが、それ以外にもこの巻には、古道具と道具の妖怪というテーマで書くからにはやりたかった要素が色々と入っています。被造物の妖怪は壊されゆく家や道具に何を思うのか、とか、お化けは基本死なないはずなのに持ち主のない妖具が蔵借堂にいくつも残っているのはなぜだろう、とか、人より長い時間を生きる妖怪がいるならその逆の妖怪もいるのでは、とか。

　なので作者としてはどのエピソードやどのキャラにもそれぞれ思い入れがあるわけですけれど、小説って別に作者の思惑を気にして読むものでもないですしね。前の巻同様、気が合うようで合わないようで合う二人の男子と、彼らを取り巻く人や妖怪たちとの日常当てられなかった人も掘り下げていますので、そのあたりもお楽しみいただければ。（＋ゆっくりとした成長）を楽しんでいただければ幸いです。前の巻であまりスポットを

ちなみに、この巻の執筆に当たっても再度金沢へ取材に行ってきました。どこも良かったのですが、特に感動したのが卯辰山です。一巻目のあとがきでもこの山の寺院群を誉めていたので、またかよと思われてしまいそうですが、農村生まれの地方人なので山が好きなのです。本文にも書いたように、山上の見晴らし台からは金沢の街を中心にして白山麓から日本海までが一望でき、それはもう感動しました。これを書いている時期はまだ新型コロナウイルスの感染拡大は収まっていませんが（注：刊行からしばらく経ってから読まれた方へ。そういう時期だったんですよ）、機会があればぜひ足を運んでみてください。

さて、この本を作るにあたっても大勢の方にお世話になりました。

担当編集者の鈴木様、何度もの打ち合わせや修正作業にお付き合いいただき、ありがとうございました。いつもご迷惑をおかけしております……。カバーイラストを描いてくださった鳥羽雨様、冬らしくもほっこりと温かい絵をありがとうございます。二人のやりとりの空気感までも伝わってくるような絵で、見るたびにニヤニヤしています。その他、本づくりや流通、販売に携わってくださった全ての方にも、この場をお借りしてお礼を申し上げます。いつもお世話になっております。

　また、金沢在住の作家である紅玉いづき様には、前巻同様、金沢の習俗や方言や過ごし方、金沢の冬のあるあるなどを幅広くご教示いただき、大変助かりました。金沢学院大学講師の佐々木聡様にも、金沢市民の冬の暮らしぶりなどを教えていただく他、現地取材などにもお付き合いいただきました。ありがとうございました。いやーいいところでしたね湯涌温泉！　またじっくり行ってみたい場所でした。本編に使うことはできませんでしたが、白山麓から手取川にかけての雄大な光景も忘れがたいものがありました。まさしく絶景だったので、ここを読まれている方も機会があればぜひぜひ。

（余談ですが、第四話以降の雪の日の情景やそれに対する汀一のリアクションは、地元の方の体験談に加え、私の実体験もベースになっています。最近は暖冬なので雪が少ないですが、滋賀県も実は雪国で、降る時は結構降るのです。雪の少ない土地の方には「へー、そうなんだ」と、雪の多い土地の方には「あるある」と思っていただけるとありがたいです。豪雪地帯の方には「こんなもんじゃねえぞ」と思われるかもですが）

　そして最後に、ここを読んでくださっているあなたへ。前の巻でも書きましたが、物語は読まれて初めて完成するものだと思います。ここまで読んでくださったこと、本当にありがとうございます。いつもお世話になっております。

　ではでは、機会があればまたいつか。お相手は峰守ひろかずでした。良き青空を！

主要参考文献

・おばけずき　鏡花怪異小品集（泉鏡花著、東雅夫編、平凡社、2012）
・新編泉鏡花集　第五巻（泉鏡太郎著、秋山稔ほか編、岩波書店、2004）
・新編泉鏡花集　第八巻（泉鏡太郎著、秋山稔ほか編、岩波書店、2004）
・鏡花全集　巻6（泉鏡花著、岩波書店、1941）
・鏡花全集　巻13（泉鏡花著、岩波書店、1941）
・三州奇談（日置謙校訂、石川県図書館協会、1933）
・日本霊異記　新編日本古典文学全集10（中田祝夫校注・訳、小学館、1995）
・新潟の妖怪（高橋郁丸著、考古堂書店、2010）
・金澤古蹟志　第4編（森田平次著、日置謙校、金沢文化協會、1933）
・鏡花と怪異（田中貴子著、平凡社、2006）
・ひでばち　第八号（ひでばち民族談話会、1958）
・日本妖怪大事典（村上健司編著、水木しげる画、角川書店、2005）
・百鬼繚乱　江戸怪談・妖怪絵本集成（近藤瑞木編、国書刊行会、2002）
・日本怪異妖怪大事典（小松和彦監修、東京堂出版、2013）
・東の妖怪・西のモンスター　想像力の文化比較（徳田和夫編、勉誠出版、2018）
・47都道府県・妖怪伝承百科（小松和彦・常光徹監修、香川雅信・飯倉義之編、丸善出版、

２０１７）
・47都道府県・民話百科（花部英雄・小堀光夫編、丸善出版、２０１９）
・宝物集　閑居友　比良山古人霊託　新日本古典文学大系40（小泉弘・山田昭全・小島孝之・木下資一校注、岩波書店、１９９３）
・日本昔話ハンドブック新版（稲田浩二・稲田和子編、三省堂、２０１０）
・とんと昔があったげど　第1集　越後の昔話（水沢謙一著、未来社、１９５７）
・山の神々　伝承と神話の道をたどる（坂本大三郎著、エイアンドエフ、２０１９）
・日本の神様読み解き事典（川口謙二編著、柏書房、１９９９）
・白の民俗学へ　白山信仰の謎を追って（前田速夫著、河出書房新社、２００６）
・鏡花　泉鏡花記念館（泉鏡花記念館編、泉鏡花記念館、２０１７）
・鏡花と妖怪（清水潤著、怪異怪談研究会編、青弓社、２０１８）
・怪異の表象空間　メディア・オカルト・サブカルチャー（一柳廣孝著、国書刊行会、２０２０）
・儲かる古道具屋裏話（魚柄仁之助著、文藝春秋、２００１）
・古美術手帖　はじめての骨董（ナカムラクニオ、玄光社、２０１９）
・はじめての和骨董の楽しみ方（成美堂出版編集部編、成美堂出版、２００１）

この他、多くの書籍・雑誌記事・ウェブサイト等を参考にさせていただきました。

本書は書き下ろしです。

金沢古妖具屋くらがり堂
冬来たりなば
峰守ひろかず

2020年11月5日初版発行

発行者……………千葉 均
発行所……………株式会社ポプラ社
〒102-8519 東京都千代田区麹町4-2-6
電話……………03-5877-8109(営業)
03-5877-8112(編集)
フォーマットデザイン 荻窪裕司(design clopper)
組版・校閲 株式会社鷗来堂
印刷・製本 中央精版印刷株式会社

乱丁・落丁本はお取り替えいたします。
小社宛にご連絡ください。
電話番号 0120-666-553
受付時間は、月~金曜日、9時~17時です(祝日・休日は除く)。

ポプラ文庫ピュアフル

ホームページ www.poplar.co.jp

N.D.C.913/282p/15cm
ISBN978-4-591-16816-5
P8111303

アルバイト先は妖怪の古道具屋さん!?
取り扱うのは不思議なモノばかり――。

峰守ひろかず
『金沢古妖具屋くらがり堂』

装画：烏羽雨

金沢に転校してきた高校一年生の葛城汀一。街を散策しているときに古道具屋の店先にあった壺を壊してしまい、そこでアルバイトをすることに。……実はこの店は、妖怪たちの道具〝妖具〟を扱う店だった！　主をはじめ、そこで働くクラスメートの時雨も妖怪で、人間たちにまじって暮らしているという。様々な妖怪や妖具と接するうちに、最初は汀一を邪険に扱っていた時雨とも次第に打ち解けていくが……。お人好し転校生×クールな美形妖怪コンビが古都を舞台に大活躍！

イケメン毒舌陰陽師とキツネ耳中学生の
へっぽこほのぼのミステリ!!

天野頌子
『よろず占い処　陰陽屋へようこそ』

装画：toi8

母親にひっぱられて、中学生の沢崎瞬太が訪れたのは、王子稲荷ふもとの商店街に開店したあやしい占いの店「陰陽屋」。店主はホストあがりのイケメンにせ陰陽師。アルバイトでやとわれた瞬太は、実はキツネの耳と尻尾を持つ拾われ妖狐。妙なとりあわせのへっぽこコンビがお客さまのお悩み解決に東奔西走。店をとりまく人情に癒される、ほのぼのミステリ。単行本未収録の番外編「大きな桜の木の下で」を収録。

〈解説・大矢博子〉

呪いを解くために、偽りの妃として後宮へ――。

顎木あくみ
『宮廷のまじない師
白妃、後宮の闇夜に舞う』

装画：白谷ゆう

白髪に赤い瞳の容姿から鬼子と呼ばれ親に捨てられた過去を持つ李珠華は、街でまじない師見習いとして働いている。ある日、今をときめく皇帝・劉白焔が店にやってきた。珠華の腕を見込んだ白焔は、後宮で起こっている怪異事件の解決と自身にかけられた呪いを解くこと、そのために後宮に入ってほしいと彼女に依頼する。珠華は偽の妃として後宮入りを果たすが、他の妃たちの嫉妬と嫌悪の視線が珠華に突き刺さり……。『わたしの幸せな結婚』著者がおくる、切なくも愛おしい宮廷ロマン譚。

二人の龍神様にはさまれて……!?
あやかし契約結婚物語

佐々木禎子
『あやかし温泉郷
龍神様のお嫁さん…のはずですが!?』

装画：スオウ

札幌の私立高校に通う宍戸琴音は、ある日学校の帰りに怪しいタクシーで「とこよ」のボロい温泉宿につれていかれる。そこには優しく儚げな龍神ハクと、強面で高圧的な龍神クズがいた。病弱な親友ハクの嫁になって助けるように、とクズに命じられた琴音は、とりあえず宿の仕事を手伝うことに。ところがこの二人、仲が良すぎて、琴音はすっかり壁の花…？　イレギュラー契約結婚ストーリー！